Einaudi Tascabili. Stile libero
819

Dello stesso autore nel catalogo Einaudi

Il giorno del lupo
Un giorno dopo l'altro
Mistero in blu
Guernica
Almost blue
Lupo mannaro
Laura di Rimini
Falange armata
Medical Thriller (con Baldini e Rigosi)
Misteri d'Italia
Il lato sinistro del cuore
Nuovi misteri italiani
La mattanza

Carlo Lucarelli
L'Isola dell'Angelo Caduto

Einaudi

© 1999 e 2001 Giulio Einaudi editore s.p.a., Torino
Prima edizione «I coralli» 1999
www.einaudi.it

ISBN 88-06-15835-x

L'Isola dell'Angelo Caduto

> Alla volta dell'isola, a fianco dei morti,
> fin dal bosco abbracciati al tronco scavato,
> le braccia attorniate da cieli-avvoltoi
> le anime cinte da saturnei anelli:
> cosí, liberi ed estranei, vogano costoro,
> i maestri del ghiaccio e della pietra:
> fra il clamore di boe sprofondanti,
> fra i latrati del mare color squalo.
>
> <div align="right">PAUL CELAN, <i>Di soglia in soglia</i>.</div>

Da allora, anche anni e anni dopo che gli eventi si furono conclusi, conclusi e mai dimenticati, ogni volta che guardava il mare, e vedeva la schiuma di un'onda spaccarsi su uno scoglio, e sentiva le gocce che si schiacciavano sul vetro della finestra a cui appoggiava la fronte, ogni volta, ovunque si trovasse, gli tornava in mente la notte che arrivò sull'isola.

Era cosí buio quella notte che il cielo e il mare erano la stessa cosa, talmente neri e stretti e lucidi che sembrava di stare sospesi nel vuoto. E se serrava le palpebre, e le copriva con la mano, e premeva, forte, lo spazio che vedeva dietro agli occhi, cieco come quello in cui si formano i pensieri, era nero come quel mare e quel cielo, infinito e nero. E anche il sale che gli toccava le labbra, e quel sapore sottile di petrolio e motore e il sospiro appena soffiato del legno che sfiorava il mare sembravano venire dal niente e svanire subito nel silenzio opaco e nell'odore immobile di quella notte. Mentre sedeva rigido in fondo alla barca, schiacciato dalla nausea e dall'angoscia, sentiva Hana rabbrividire di un freddo innaturale e stringergli il braccio, attaccata a lui come se avesse paura di cadere in acqua.

C'era luna piena quella notte ma non la si poteva vedere, cosí nascosta dietro alle nuvole blu che gonfiavano il cielo. Solo ogni tanto un riflesso riusciva a passare tra quelle nocche strette come pugni di piombo e a scivolare veloce e livido sull'increspatura di un'onda. E vicino all'isola la nebbia era un velo umido e nero, che striava il buio rendendolo piú fitto, appena un po' piú scuro là dove iniziava il molo.

Appena mise piede sulla banchina, un brigadiere si staccò dal nulla e gli corse incontro alzando la lucerna. Quasi gli schiacciò addosso il volto, allungato e scavato come un teschio dalle ombre rosse della fiamma a carburo.

– Benvenuto, commissario, – continuava a ripetere, il braccio teso a prendergli di mano la valigia, – benvenuto sull'isola, buona permanenza all'Eccellenza Vostra e alla Signora.

Fu allora che lui strinse Hana per le spalle e le sussurrò all'orecchio: – Vedrai, vedrai che non sarà per molto, Hana, vedrai, vedrai, – sempre piú forte, sempre piú forte, sempre piú deciso, finché non le vide tremare un sorriso sulle labbra, anche se breve e livido e incerto, e svanire rapido nel buio, come un riflesso di luna in quella nebbia nera.

Il primo giorno

Uno.

C'era qualcosa nel vento. Se girava il volto su una spalla l'aria del mattino gli scivolava silenziosa sulla fronte, appena riscaldata da un sole liquido e giallo come il tuorlo di un uovo vecchio. Ma se lo piegava sull'altra, allora il vento gli riempiva la testa, fischiava contro un timpano e gli portava quella voce, quella nota piú acuta e dissonante che si confondeva con i sibili ruvidi dell'aria in movimento e ne usciva all'improvviso con un salto, a metà tra un gemito e un singhiozzo. Non pensò *cos'è quel suono*, perché lo conosceva bene, era una canzone e veniva da dietro una finestra chiusa di casa sua, una canzone stupida, che ripeteva *Ludovico sei dolce come un fico* e lo ripeteva all'infinito, e allora lui piegò la testa sulla spalla, per non sentirla, e sarebbe rimasto cosí anche tutta la mattina se non fosse stato per l'ombra scura che si era allungata, silenziosa e rapida, sul giornale che con le mani aperte teneva steso sulle ginocchia.

Era il profilo obliquo di un uomo che tagliava a metà il titolo al centro della pagina, LE DICHIARAZIONI DELL'ONOREVOLE MUSSOLINI ALLA CAMERA, e anche le tre righe sotto, piú piccole e scolpite in un corsivo grassoccio, dai bordi arrotondati: *La chiusura senza discussione né voto. L'assemblea sarà riconvocata a domicilio. Un chiarimento entro 48 ore*.

Il commissario alzò lo sguardo, forzando indietro il mento, sulla spalla, cosí tanto che il vento gli entrò nell'altro orecchio, fischiandogli *Ludovico*. Socchiuse gli occhi, per il riverbero del sole. Oltre la siepe del giardino, indistinta e sfocata sui bordi come una fotografia scattata controluce, la sagoma dell'uomo che si era alzato sulle punte per leggergli alle spalle tornò ad abbassarsi sui talloni.

– Incredibile, – mormorò.

Il commissario spostò le gambe sulla poltroncina di vimini, perché a stare cosí storto gli faceva male il collo, e si piegò anche, per coprirsi dal riverbero. Rapido, *Ludovico* scomparve.

– Incredibile, – ripeté la sagoma che cosí, da quell'angolazione, aveva assunto rilievi e contorni e particolari. La giacca abbottonata sul gilet arabescato in giallo. La sciarpa di lana che scivolava attorno al collo, a coprire appena la cravatta tra gli spigoli rialzati del colletto. La stretta del nodo, larga, alla repubblicana. Valenza di solito sorrideva, stirando le labbra in un ghigno ironico. Ma quella volta, al commissario, sembrò serio.

– Cosa c'è di incredibile? – chiese il commissario.

– Che sia già il 4 gennaio del 'novecentoventicinque. Per me fanno ormai quasi due anni di domicilio coatto su quest'isola. E piú o meno anche per voi, Eccellenza.

Il commissario pensò *vedrai, Hana, vedrai*, poi scosse la testa, con forza, per cancellare il pensiero. Disse: – Io non sono al confino, – e Valenza si toccò la fronte, con uno schiocco.

– Che diamine, lo so… Non intendevo questo… era solo per far notare come sia incredibile quanto passa in fretta il tempo.

– Credevo che vi riferiste al discorso di Mussolini.

– Per carità, Eccellenza… so bene che ai confinati non è consentito leggere i giornali. Io guardavo solo la data… e in ogni caso non mi permetterei mai di definire incredibili i discorsi del cavalier Benito Mussolini. Neppure quando si autoaccusa di aver fatto uccidere un deputato dell'opposizione.

Il commissario appoggiò la mano sulla fronte, tenendola

alzata come una visiera, e riuscí a vederlo meglio, il volto di Valenza, pallido e stretto sotto il riverbero luccicante di quel sole invernale. Sorrideva adesso, sí.

– Questo è un commento politico, – disse il commissario, ma sorrideva anche lui.

– Non mi permetterei mai. Ai confinati non è dato occuparsi di politica e io non lo faccio. E neanche voi, Eccellenza... almeno cosí sembra. Il quotidiano del partito fascista è ancora lí, sul tavolo, senza che l'abbiate nemmeno aperto.

Il commissario non poté fare a meno di abbassare lo sguardo sul tavolino di marmo che aveva di fianco. «Corriere della Sera», «Tribuna», «Messaggero», «Resto del Carlino»... Tra tutti i giornali che il brigadiere gli portava ogni mattina, il «Popolo d'Italia» era l'unico appoggiato in un angolo, perfettamente piegato e con la fascetta intatta.

– Lo leggo dopo, – disse. – E comunque avete torto.
– Su Mussolini?
– No, sulla data. Oggi è il 5 gennaio e non il 4. I giornali arrivano sull'isola con un giorno di ritardo.

Valenza si strinse nelle spalle, con una smorfia amara.
– È vero, – disse. – Questa roccia sperduta nel mare ha un tempo tutto suo, diverso da quello del resto del mondo. Neanche i giorni, qui, sono gli stessi che per le altre persone –. Tese le labbra sui denti e la smorfia diventò una smorfia mascherata da sorriso. – Perché dovrebbero, poi? Gli unici contatti che abbiamo con il continente sono il telegrafo sul molo e un vapore militare che non approda neanche, rallenta e manda una lancia a trasbordare la posta. Questo è un mondo a parte, Eccellenza, un mondo di confino... anche per il tempo. Oh, sentite... cos'è? Viene da casa vostra...

Chiuse gli occhi e mormorò *Ludovico, sei dolce come un fico* tra le labbra, muovendo la testa come se lo spingesse il vento. Il commissario si voltò verso casa, verso le persiane accostate di quella finestra chiusa nella parete bianca. *Basta*, pensò, *basta*.

– Sento sempre lo stesso pezzo, – disse Valenza, – ogni volta che passo qui davanti. Tutti i giorni, a qualunque ora. Vostra moglie come sta?

Basta, pensò il commissario, *basta*.

– Sta bene, grazie.

– Non la vedo mai in giardino o a passeggio con le signore, in paese... come mai?

Basta.

– Le dà fastidio il sole.

– Che peccato. Anche d'inverno? Questo è un sole che brilla ma non scalda e se mettesse gli occhiali affumicati, forse...

Il commissario si alzò di scatto, gettando il giornale sul tavolino. Era turbato, non arrabbiato, e non voleva essere brusco, ma Valenza si interruppe di colpo, con un singhiozzo spaventato che lo mise in imbarazzo.

– Basta, – disse il commissario, – si è fatto tardi, – e per darsi un contegno slacciò il doppiopetto scuro da funzionario e sfilò l'orologio dal taschino del panciotto. Ma non ebbe il tempo di guardarlo. Un rumore, concitato e scricchiolante di ghiaia, lo fece voltare verso l'estremità del vialetto, in fondo al giardino. Era il brigadiere che piegato in avanti, una mano sulla visiera a schiacciarsi il berretto in testa, stava arrivando di corsa.

– Che c'è? – chiese il commissario e ripeté: – Che c'è? – perché il brigadiere ansimava, senza riuscire a dire nulla.

– Guai, – soffiò, tirando fuori il colletto della divisa da sotto la bandoliera storta, che lo strozzava. – Guai, Eccellenza. Un morto. Giú dalla rupe, sulle rocce... cosí, – e allargò le braccia come in croce, chiudendo gli occhi, a faccia avanti.

– Ohè, – disse il commissario, – ohè! – scuotendogli una spalla perché riaprisse gli occhi, – lascia stare che lo vedo di persona, il morto. Chi è? Un pastore? – Poi si ricordò di Valenza, ma quando si voltò per comandargli di starsene lontano, di rientrare a casa e di non parlare con nessuno, libero, confinato o fascista che fosse, Valenza non c'era piú. Il brigadiere, intanto, faceva *no* con la testa e poi *no no*, piú forte.

– Guai, Eccellenza, guai. Non è un pastore, il morto, è un fascista. Una camicia nera.

Due.

Il federale disse: – In paese è primavera, sulla spiaggia è già estate e quassú è inverno pieno. Non mi ci abituerò mai al clima che c'è sull'isola, anche se ci sono nato.

In cima alla rupe, il mento infossato nel bavero rialzato della giacca di velluto e le braccia strette l'una sull'altra, guardava il commissario con solidarietà, perché anche lui era salito in fretta, arrancando sul sentiero come una capra, e adesso, bagnato di sudore e ancora caldo per la fatica, cominciava a sentir freddo.

Il federale non era un vero federale, non era neppure un segretario di sezione, ma solo un sottosegretario, perché il Fascio dell'isola era cosí piccolo che, quando il vecchio titolare se n'era andato, da Roma si erano dimenticati di promuovere il suo vice. Ma lo chiamavano tutti federale lo stesso, benché cosí basso, con i capelli radi schiacciati sulla testa dal riporto, la giacca da caccia che gli cadeva larga sulle spalle arrotondate e i calzoni alla zuava stretti appena sotto al ginocchio, il federale non avesse neppure l'aspetto di un sottosegretario.

Il commissario socchiuse gli occhi perché c'era un vento gelido, in cima alla rupe, forte, che tagliava la faccia. Tra tutti, soltanto Mazzarino, in camicia nera aperta sul collo, il cordoncino da capomanipolo della Milizia ricamato sul polsino, stava eretto a testa alta e sembrava non avere freddo, tarchiato, maschio, irsuto e nero, il naso schiacciato sulle labbra, con le narici larghe, da cinghiale.

– Aspettate qua, Eccellenza, – disse al commissario, che

voleva affacciarsi al bordo dello strapiombo, – adesso lo tiriamo su noi in un batter d'occhio, – e aggiunse «Eccellenza» di nuovo, calcando sul titolo come faceva sempre, con le *e* strette e la cadenza dura, da montanaro.

Sotto di loro, un po' nascosta dai ciuffi d'erba ingiallita che crescevano sull'orlo della rupe, c'era la spiaggia, una piccola lunetta bianca incassata nel monte dal mare, un'unghia che la notte, con la marea, si copriva d'acqua nera. Già una volta, appena arrivato sull'isola, il commissario aveva rischiato di cadere giú, risucchiato nel vuoto da una vertigine violenta che l'aveva fatto ondeggiare a braccia spalancate, come un uccello che non sa volare, finché Hana non l'aveva afferrato per la giacca. Cosí rimase indietro, accanto al federale che scalpitava sul posto come un mulo sollevando bene le suole, attento a non pestare cacche di capra selvatica, rotonde e dure come sassi.

Due militi in camicia nera, uno basso quasi come un nano e l'altro cosí alto da sembrare gobbo, avevano piantato un paletto nella spaccatura di una roccia e tiravano una corda che saliva tra l'erba lentamente e con fatica ad ogni strattone, perché non tiravano a tempo.

– Volete sapere com'è andata, Eccellenza? – gridò Mazzarino, facendo schermo alla voce con la mano aperta accanto alla bocca, controvento. – È scivolato ed è caduto di sotto. Era notte, non avrà visto il buco.

– Faceva spesso pattuglia di notte, – disse il federale, in fretta, bloccandosi di colpo dopo un'occhiata a Mazzarino che lo fece arrossire fin sotto al riporto. – Ma naturalmente, – disse abbassando gli occhi, – il capomanipolo le sa meglio di me, queste cose.

– È vero. Ogni tanto qualcuno dei miei viene da queste parti a fare pattuglia. Cosí, senza turni precisi... soltanto perché i confinati sentano bene la sorveglianza onnipresente della Giustizia Fascista. P.S.V.: Pattugliamento Spontaneo Volontario, lo chiamo io.

– E si fa da soli questo P.S.V.? – mormorò tra sé il commissario. Credeva che Mazzarino non lo avesse sentito, perché lo aveva detto a fior di labbra e controvento, ma lo vide stringersi nelle spalle.

– Da soli, sí. Non è una vera sorveglianza... è un atto dimostrativo.

La corda si inceppò e mentre il miliziano basso si puntellava contro un macigno per tenerla stretta, quello alto si avvicinò al bordo e afferrò un braccio che spuntava, bianco e nudo. Mazzarino si mosse di scatto, spostò dalla corda il miliziano basso e gli fece cenno di aiutare l'altro, poi si passò attorno alle spalle la canapa tesa, immobile e saldo come una statua, i tendini del collo irrigiditi e gli avambracci gonfi sotto le maniche arrotolate della camicia nera. Quando il corpo passò oltre il bordo e scivolò sull'erba, rotolando sulla schiena, il federale strinse i pugni e se li portò alla bocca con un gemito soffocato.

Doveva essere caduto in avanti, il milite, e aveva battuto il volto cosí forte contro la roccia che al posto della faccia aveva un viluppo umido di alghe verdi incordellate, gusci lucidi di cozze e sangue e schegge d'osso.

– È Miranda, – disse Mazzarino lasciando la corda, e il commissario notò che lo aveva detto quasi senza guardarlo, senza sorpresa ma con un accenno di tremito nella voce, rapido e roco. Solo un accenno, perché subito si irrigidí, e facendo schioccare gli stivali spalancò la bocca in un ruggito nero:

– Camerata Miranda: presente!

Tese il braccio nel saluto romano, come gli altri che assieme a lui avevano urlato «presente!» con tutta la voce che avevano in gola, impostati e di petto i due militi, piú alto e di testa il federale. Il commissario, invece, era rimasto fermo e in silenzio.

– Scusate, – disse alzando il braccio, in ritardo e un po' piegato da una parte. – Mi ero distratto. Pensavo...

– Ci sono momenti in cui pensare non serve, – disse Mazzarino.

– Pensavo... – continuò il commissario, lo sguardo fisso oltre il precipizio, sulla linea dell'orizzonte che vista dall'isola non era mai azzurra ma grigia come il piombo, – pensavo che è strano –. Voleva evitare di guardare il cadavere e cosí, lasciando scivolare gli occhi oltre il bordo della rupe e immaginando quel corpo cadere giú, fino alla spiaggia, gli era venuto in mente qualcosa.

– Se è caduto perché era notte e non ha visto il precipizio, come mai non se l'è portato via la corrente? C'è alta marea la notte e le rocce non affiorano.

– Sarà caduto di giorno, – mormorò il federale, con uno sguardo ansioso a Mazzarino. – No?

– C'è luce di giorno, – disse il commissario, – e il precipizio si vede come lo vediamo noi.

– Ma forse lui non l'ha visto, – insistette il federale, e ancora lanciò rapido uno sguardo. – No?

– Sua Eccellenza ha ragione, – tagliò corto Mazzarino. – La cosa è strana e ne convengo. La Milizia avvierà immediatamente un'indagine scrupolosa condotta con infallibile zelo fascista. Il sangue versato chiede giustizia! Camerata Miranda: presente!

– Presente! – gridarono tutti assieme, tranne il commissario, che arrivò in ritardo un'altra volta, col braccio a mezz'aria e un po' piegato da una parte.

Tre.

Non era nato per fare il poliziotto.
Non era per diventare questurino che suo padre lo aveva fatto iscrivere alla facoltà di Legge ma perché fosse, come lui, Funzionario dello Stato. E quando lo diceva, alzando un dito e un sopracciglio bianco sulla fronte ossuta, le labbra strette sotto i baffi alla maniera di Giolitti, si sentivano le maiuscole in quel *Funzionario* e in quello *Stato*.
Quando nacque, la mattina presto del 29 dicembre 1895, suo padre era Prefetto di Torino sotto il governo di Francesco Crispi, come il bisnonno, che lo era stato a Trieste sotto l'Imperatore d'Austria e come il nonno a Milano, Prefetto di Franz Joseph prima e di Cavour dopo, perché, diceva, «lo Stato è sempre lo Stato, qualunque lingua parli».
Erano tutti e tre appesi alla parete del salotto antico: Bisnonno, Nonno e Padre, immobili e guardinghi, in posa, e i quadri su cui li avevano ritratti erano tutti uguali, grandi uguali, larghi uguali e chiusi dalla stessa cornice stretta e nera, come quelle dei mobili d'ufficio. A volte, bambino dai capelli arrotolati a boccoli sul colletto alla marinara, si fermava davanti allo spiraglio socchiuso della porta, a guardarli di nascosto. C'era uno spazio vuoto tra l'ultimo quadro e l'angolo del muro e sua madre gli aveva detto che in quel vuoto, cosí bianco d'intonaco da sembrare abbagliante, un giorno ci sarebbe stato lui. Da allora, tutte le volte che doveva passare da solo davanti a quella stanza dai mobili grandi e silenziosi, coperti di intoccabili centrini traforati, si fermava a spiare dallo stipite, cauto, e poi

scattava, di corsa, fino in fondo al corridoio, col terrore che gli uomini dei quadri uscissero dal muro per afferrarlo e risucchiarlo nel vuoto di quell'abbagliante spazio bianco.

Quando si laureò, con tre anni di ritardo per colpa della guerra, era il marzo del 'novecentoventidue e già sapeva quali sarebbero stati il suo destino, la sua vita e la sua strada. Ma il pensiero di quel vuoto nel muro gli toglieva il respiro, la notte, lo strangolava d'ansia e d'angoscia, e quando finalmente si decise a parlare a suo padre e a dirgli che forse lui non era, che magari era meglio che, e che forse non era il caso, quando si decise a parlargli, suo padre lo ricevette proprio nel salotto antico, sotto ai quadri dei Prefetti. Sul tavolo grande c'era la domanda di ammissione al concorso per commissario di polizia, e sopra la stilografica già pronta per la firma. La Questura, spiegò col dito, il baffo e il sopracciglio alzato, era soltanto il passo piú veloce per la Prefettura. Solo un passo, dritto e spedito verso il quadro. Aveva già ordinato la cornice.

Suo padre morí alla fine dell'estate di quell'anno. Morí di mattina, mentre i piantoni attaccavano i risultati del concorso nelle bacheche della Prefettura e lui, non lo sapeva ancora, era primo in graduatoria. L'ultima cosa che gli disse, ansimando tra i baffi ingialliti dal respiro acre della malattia, le dita magre di morte e di vecchiaia strette attorno al braccio fino a fargli male, l'ultima cosa che gli disse soffiando forte per coprire il mormorio del prete che gli stava accanto, l'ultima cosa fu: «Ricorda, figlio mio, ricorda: il Senso dello Stato».

Fu per questo che, vicecommissario aggiunto alla Questura di Ferrara, il 15 marzo del 'novecentoventitre trovò i quattro che a Comacchio avevano scannato un socialista in una rissa da osteria, e senza essere lui di quel partito o fascista o popolare o liberale o niente ma solo vicecommissario aggiunto alla Questura, li prese e li sbatté in galera.

Ma erano squadristi del quadrumviro Italo Balbo, Eroe della Marcia su Roma, amico personale di Sua Eccellenza il Duce e, in pratica, Signore di Ferrara. Cosí si trovò promosso e trasferito prima ancora che finisse il mese, e spedito all'isola, in un commissariato che era poco meno di uno scherzo.

La piú piccola Questura d'Italia. Lui e un brigadiere, e basta.

A tutto questo e ad altro pensava il commissario, mentre appoggiato con le spalle al muro esterno dell'ambulatorio, lo sguardo fisso a terra e le braccia conserte sul doppiopetto scuro, aspettava che il dottore finisse con calma di esaminare il cadavere della camicia nera. In testa, tra i calcoli freddi di ore di luce, di correnti e di maree, il dubbio mortificante di non essere all'altezza. Nel cuore, la sensazione sottile che sulla rupe avrebbe fatto meglio a stare zitto. Nelle orecchie, portata da una bava impercettibile di vento, quella voce lontana, infantile e fastidiosa che quasi al limite dei sensi ripeteva *Ludovico*.

Quattro.

– Eccellenza... signor commissario, sono qui.
Il commissario alzò la testa, lo sguardo confuso dalle ombre del tramonto. *Quanto tempo sono rimasto appoggiato a questo muro*, si chiese, senza ricordare che faceva buio molto prima da quella parte dell'isola. Il sole spariva presto dietro la rupe e la penombra della sera arrivava improvvisa e livida a velare le strade del paese, stradine strette e storte, che giravano attorno alle case, nodose e curve come il dito di una vecchia. Era proprio da dietro un angolo, il piú buio e il piú nascosto, che il commissario aveva sentito venire la voce. Si staccò dal muro dell'ambulatorio e fece anche un passo avanti, socchiudendo le palpebre.

– Valenza? – disse all'ombra schiacciata dietro alla parete di sasso, oltre la strada. – Cosa ci fate qui? Secondo il regolamento dovreste essere dentro appena si fa buio...

– Manca ancora una mezz'ora al buio vero e se corro ci arrivo al dormitorio, non vi preoccupate. È per questo che non posso fermarmi, perché se Mazzarino non mi trova all'appello passo un guaio. Sennò gliel'avrei data anch'io una bella occhiatina al cadavere del milite.

Il commissario represse una smorfia, stringendo le labbra. Era uscito dall'ambulatorio appena il dottor Niagara, che era l'unico medico abilitato che ci fosse sull'isola, aveva cominciato a occuparsi di Miranda. Era scappato in anticamera quando lo aveva visto salire in ginocchio sul tavolo per strappare le alghe dal volto del milite, tirando con le mani avviluppate nelle frange verdi come si fa con i cespugli di erbacce. Poi era uscito del tutto, fuori, perché si era accorto che piú che la vista gli dava fastidio il rumore, quel rigurgito, bagnato e molliccio.

– Eccellenza... – sussurrò l'ombra dietro al muro, – lo sapete voi cosa facevo io prima che mi spedissero su questo scoglio?

Lo sapeva. Insegnava all'Università, il professor Valenza. Era scritto sulla sua scheda segnaletica, in cima, sulla riga color seppia. *Regia Università di Napoli. Facoltà di Medicina.* E piú in basso, dopo le fotografie di fronte e di profilo, sotto i dati antropometrici: *repubblicano, sedizioso e sovversivo.*

– E lo sapete a quale cattedra ero brillantissimo assistente e futuro titolare?

Lo sapeva, anche se non ci aveva mai pensato. *Anatomopatologia*. Patologia applicata alla Medicina Legale. Ma anche *agitatore, sabotatore e disfattista* e sottoposto a domicilio coatto per anni tre.

– E lo volete sapere che cosa gli ho visto al cadavere che avete tirato su dalla scogliera, mentre me ne stavo nascosto dietro un cespuglio?

Lo voleva sapere. Lo disse, con un cenno impercettibile del capo e una mezza sillaba roca, tra i denti.

– Gli ho visto le labbra.

– Non si vedevano, le labbra.

– Si vedevano, invece... bastava guardarle e non voltarsi da una parte... come avete fatto voi, con rispetto parlando. Ho visto labbra cianotiche in un volto gonfio e azzurrino. E sulla fronte escoriazioni estese ma quasi prive di sangue, con ematoma ridotto.

– E cosa significa?

– Significa, significa... – L'ombra sorrideva. Anche se non lo si poteva vedere in faccia, si capiva che Valenza aveva le labbra tese in un sorriso sottile. Sorrideva con la voce. – Eccellenza, lo sapete qual è la cosa che mi manca di piú da quando sono su quest'isola? Le notizie. Non possiamo leggere i giornali e Mazzarino non ci fa consegnare le lettere delle famiglie. Ora, a parte una vecchia mamma che dice sempre le stesse cose, io la famiglia non la tengo, e i giornali un po' riesco a leggerveli alle spalle, la mattina... ma adesso non mi basta piú. Adesso il Capo del Governo si assume la responsabilità di aver fatto rapire e assassinare uno dei principali esponenti dell'opposizione. Qualcosa deve succedere... questa è l'occasione per mettere sotto accusa tutto il regime!

– Valenza, niente politica... venite al dunque.

– Facciamo un patto, Eccellenza. Io vi dico la mia ipotesi sulla morte del miliziano e quando arrivano i giornali voi mi fate leggere le reazioni dell'Italia al discorso di Mussolini. Che dite, si fa?

– Si fa, Valenza, si fa. Ditemi.

– Quando il sangue non scorre gli ematomi non si formano. Il milite era già morto da un pezzo quando ha battuto il muso sulla roccia, ed era morto soffocato. Nel burrone ci è finito dopo... quando era già mattina e l'alta marea era sparita. Proprio come avete detto voi.

– E come ci sarebbe finito nel burrone?

– A casa mia i morti camminano solo nelle favole dei vecchi... ma qui sull'isola può succedere di tutto. Io, comunque, trovo piú probabile che ce l'abbiano buttato. E voi?

Il commissario non disse niente. La penombra, intanto, si era fatta piú scura e da livida che era si stava tingendo di blu. Sull'isola era quello il colore della sera, che si fermava tra le case lasciando nell'aria un odore strano, come di bruciato.

– Una preghiera, Eccellenza, – disse il dottor professor Valenza, brillante anatomopatologo alla Regia Università di Napoli. – Fatevi mostrare dal dottore la lingua e il collo del milite e poi guardategli sotto le unghie. Fate attenzione a tutti i segni che può avere sul corpo. E se c'è qualcosa che non vi convince, fatelo mettere in un posto fresco e poi trovate il modo di farmici dare un'occhiata. Madonna com'è tardi... devo rientrare.

Il commissario stava per chiamarlo, stava per dirgli di fermarsi e tornare indietro e infischiarsene del coprifuoco dei confinati, ma Valenza era già scomparso un'altra volta. Alle sue spalle, la porta dell'ambulatorio si aprí e la voce del dottore lo fece sobbalzare.

– Che fate, Eccellenza? Parlate da solo anche voi come i matti?

Il dottore era un uomo piccolo e rotondo, dalle labbra piene e scure come il dorso di una prugna e in quelle affondò i denti, deglutendo rapido.

Da un pezzo il vento aveva cambiato direzione e *Ludovico* non si udiva piú, ma per un attimo il commissario lo sentí ancora, prima di scuotere la testa e corrugare la fronte, imbarazzato quanto il dottore dal suo stesso imbarazzo.

– Venite dentro che abbiamo finito, – disse il dottore, affrettandosi a spalancare la porta. Il commissario vide il federale, in fondo al corridoio, seduto su uno sgabello di legno della sala d'attesa. In un angolo del tavolo, appena nascosto da un vaso di fiori, c'era un fiasco di vino con due bicchieri, e il federale aveva ancora briciole di pane sparse sul bavero di velluto. Quando fu anche lui nell'anticamera e intravide dietro alla porta socchiusa dell'ambulatorio il cadavere di Miranda ancora vestito, ebbe la certezza che il dottore, oltre a strappare le alghe, non aveva fatto niente.

Allora si fece forza e mentre il dottore spiegava che:
– Come stavo dicendo al nostro federale, ho esaminato con cura la salma da cui appare palese e chiaro come questo povero ragazzo sia morto sul colpo cadendo... – lo interruppe alzando una mano, disse: – Ne siete proprio sicuro? Gli avete guardato la lingua? – e quello alzò gli occhi, a fissarlo con forza, quasi spaventato.

Cinque.

La Colonia Penale dell'isola aveva un nome poco adatto, Capo d'Angelo, uno scherzo di nome, perché era nata come carcere per i ribelli. In realtà, in origine il luogo si chiamava diversamente, Capo dell'Angelo Caduto, per via di una leggenda che voleva che uno degli angeli ribelli fosse precipitato proprio lí, su quella parte di isola, cadendo dal cielo. Era stato Ferdinando II a cambiarle nome, un po' perché quel riferimento a un diavolo gli sembrava un tantinello blasfemo e un po' per prendere in giro carbonari e garibaldini rinchiusi nella fortezza.

All'inizio sull'isola c'era soltanto la Colonia Penale costruita dai Borboni come carcere duro per rivoluzionari e rei di alto tradimento, ma poi, tra famiglie di guardie e parenti di detenuti era nato un piccolo villaggio, che a poco a poco si era trasformato in un paese di pastori e pescatori. Sperduta nel mare e isolata com'era, la fortezza dell'Angelo Caduto era diventata presto il luogo ideale dove mandare in domicilio coatto facinorosi, delinquenti, sovversivi e oppositori dello stato, qualunque stato fosse. Meno ironici dei prigionieri dei Borboni che l'avevano tenuta a battesimo, meno conservatori di quelli dei piemontesi che l'avevano ereditata, erano stati gli anarchici di Giolitti a chiamarla la Cajenna e Cajenna era rimasta anche per i fascisti di Mussolini che ne avevano preso il controllo e per Mazzarino, mandato dal Comando generale della Milizia a dare una mano alla Questura che per mancanza di uomini non riusciva a occuparsi della fortezza.

Per arrivare alla Cajenna in fretta e di nascosto, tagliando fuori il porto e il sentiero principale che correva quasi tutto allo scoperto, si doveva salire sulla collina e attraversare il cimitero. Valenza stette qualche momento all'imboccatura del bivio, dietro al muretto, incerto: a sinistra, dritto dentro il porto, o a destra, su fino al cancello, tra le tombe, e poi giú per la discesa fin dietro alla fortezza? Si chiedeva se fosse il caso di prendersela calma, presentarsi umilmente al portone e lasciarsi punire per il ritardo, oppure correre alla porticina sul retro, passare un po' di soldi alla guardia e cercare di arrivare in camerata prima dell'appello. Piú che la punizione gli seccava la sfuriata che gli avrebbe fatto Mazzarino, e già se lo vedeva, piantato davanti, con i pugni sui fianchi e il petto gonfio, a gridargli sulla faccia le frasi fatte da Manuale delle Camicie Nere e i suoi congiuntivi sbagliati da scuola rurale, mal sopportata e interrotta all'Avviamento. E lui davanti alla branda, in mutande e canottiera, rigido sull'attenti... no, no no, meglio le tombe e la porticina sul retro. Cosí affondò la faccia nella sciarpa e corse su per la collina.

Da quel lato l'isola era piú umida. Per un complicato giro di correnti calde e fredde che si incrociavano davanti al porto, da quella parte l'aria era piú densa, pesante e bagnata. E piú si andava verso il mare, piú l'aria si serrava, filava sospesa a mezza altezza come un banco di nuvole stracciate e si stringeva in una nebbia fitta, che pesava sul petto, appiccicava i vestiti alle spalle e bruciava come fumo dentro il naso. Il porto, con le baracche dei pescatori schiacciate contro la parete della collina, era soltanto una mezzaluna stretta e scura come un'unghia sporca. Il molo spariva all'improvviso a pochi metri dalla riva, troncato dalla nebbia che bianca e gonfia e schiumosa si ingoiava il mare, il cielo e l'orizzonte. Di giorno, con il sole, brillava accecante. Di notte, la nebbia diventava nera.

Pensando alla banconota da cinque lire che avrebbe dovuto infilare nel taschino della guardia, Valenza scalò di

corsa la collina e arrivò fino al cimitero. Ansimando un po'
per la fatica e un po' per la paura, perché era superstizioso, spinse il cancelletto di ferro battuto ed entrò. Lí, proprio in cima alla collina, il terreno si incurvava a schiena
d'asino, irto di tombe che sembravano spuntate a caso, come peli. Di legno dipinto in rosso e verde, di pietra nera
liscia e qualcuna anche candida di marmo, le lapidi riflettevano la luce della luna, quando c'era, e bucavano la nebbia che si aggirava tra le croci come una biscia d'acqua, lucida e scura.

Valenza si gettò in ginocchio, schiacciandosi dietro una lapide sbeccata.

Dal punto in cui era, la curva del terreno gli impediva di vedere, ma era riuscito a sentirle in tempo.

Due voci, appena un bisbiglio.

A quattro zampe, come un cane, attento a non fare alcun rumore, strisciò nell'erba umida, piantando gli occhi davanti a sé finché non vide.

Due persone.

La prima sembrava un grosso pipistrello nero, ma no, no, era soltanto la schiena di qualcuno vestito di scuro che se ne stava accucciato su una tomba, curvo, le spalle infossate tra le gambe e le ginocchia che sporgevano in alto sulla testa, come punte di ali. L'altra era un uomo, seduto su una pietra accanto al portone arabescato della cappella centrale. A Valenza non sembrò di riconoscerlo, anche se lo vedeva bene, perché non era ancora buio, e il colletto bianco della camicia aperto sulla giacca scura gli rifletteva sul volto i primi raggi della luna.

Stavano uno di fronte all'altro e parlavano, ma cosa si dicessero non si capiva. Per uno strano gioco di rifrazioni, che da sempre aveva impedito che si tenessero messe funebri davanti alla cappella, le voci scivolavano sul muro di cinta del cimitero e giravano attorno alle tombe, scomposte in un bisbiglio circolare e intenso, che dava le vertigini. Chi parlava era soprattutto quello che stava di schiena, il pipistrello. L'altro lo guardava e basta, gli occhi quasi socchiusi sotto le palpebre sporgenti, le labbra piegate in un ghigno, un gomito puntato su un ginocchio e il mento appoggiato a una mano, chiusa a pugno. Alle sue spalle si alzava un grosso pioppo basso e bruciacchiato, spaccato in due da un fulmine. E mentre il volto gli rimaneva chiaro, illuminato da un riflesso ostinato della luna, man mano che l'aria si scuriva, i capelli, che aveva cortissimi, e la stoffa nera della giacca cominciavano a confondersi col legno del tronco. Tanto che quando il colore fu lo stesso, a Valenza che guardava acquattato nell'erba sembrò che i rami contorti e secchi con cui finiva il pioppo fossero tutt'uno col corpo e con la testa, come un palco di corna nere che si stagliavano contro il cielo blu del cimitero.

Fu in quel momento che il bisbiglio si fece piú rapido e intenso, stretto come una spirale, e l'uomo si voltò. Non si accorse di lui, perché non disse o fece nulla, ma Valenza si irrigidí, schiacciato da un terrore irrazionale e cieco, che gli aveva troncato il respiro, per quell'uomo trasfigurato dal colore della notte in un dio cornuto. Scivolò indietro sulle mani e sulle ginocchia, silenziosamente, e appena fu al cancello si lanciò fuori, giú dalla collina e verso il porto, lungo il sentiero che correva allo scoperto fino alla Cajenna.

Sei.

Fra i tanti amici miei ci sta un amico
e ve lo dico
è Ludovico
che degli amici è l'Araba Fenice
la Beatrice
che fa felice
domandagli un favor te ne fa due
gli cerchi mille lire e sono tue
e se gli chiedi il naso non si sbaglia
lui se lo taglia
e te lo dà

Forse per lo sforzo o il fastidio di udirla quando era lontano, ma la musica sembrava piú bassa vicino al grammofono che fuori casa, portata dal vento. Scricchiolava sotto la puntina e usciva dall'altoparlante appannata dall'usura, che dava alla voce antica del cantante un tono piú alto, come quello di un falsetto isterico dalle erre arrotate. Correva, veloce, sulla gommalacca resa piú liscia dal girare e girare e girare e ogni tanto sembrava che scartasse, scivolando un po' di lato. Ma continuava.

Aveva una ragazza Ludovico
che non vi dico
un fiore antico
siccome mi piaceva gliela chiesi
per pochi mesi
per pochi mesi
ma quando la ragazza un certo giorno
con un bimbetto biondo fe' ritorno

*gli dissi Ludovico amico mio
non sono io
sei tu il papà*

Dentro, fusa con quell'impasto metallico e saltellante di versi e di note, sottile e impalpabile come una venatura, c'era una voce. La si poteva sentire soltanto a farci caso perché era poco piú di un mormorio leggero ma dissonante e fuori tempo. Un bisbiglio quasi muto ma deciso, come la metà di una conversazione a cui mancasse una risposta. Era Hana, che parlava.

Quando il commissario entrò in camera lei non smise, perché parlava da sola. Seduta su una sedia, con la schiena rigida e le spalle indietro, fissava la penombra e bisbigliava, ascoltando *Ludovico*.

*Ludovico, sei proprio un vero amico
di stampo antico
non sai dir no
Ludovico, sei dolce come un fico
piú vero amico
di te non ho
mi daresti se lo voglio l'orologio e il portafoglio
e il vestito col cappello e tua sorella
Ludovico sei dolce come un fico
piú caro amico
di te non ho*

Soltanto fino all'anno prima avrebbe tolto la puntina dal disco e si sarebbe inginocchiato davanti a lei, a prenderle le mani e a parlarle di tutto e di qualunque cosa, fino a convincerla ad alzarsi, a spalancare le persiane e a vestirsi. Soltanto fino a qualche mese prima, quando le sollevava la sottoveste color panna e appoggiava la guancia sulle sue ginocchia bianche, coperte di lentiggini chiarissime, e poi si alzava tendendole la mano, soltanto fino a qualche mese prima qualche volta riusciva anche a portarla sulla soglia di casa o addirittura in giardino, prima che si schermasse gli occhi e rientrasse di corsa, urlando come un vampiro ferito.

«Ci vuole tempo», aveva detto il dottore. Anche la moglie del federale appena arrivata era bianca come il latte e si era presa pure un brutto colpo di sole ma poi, a stare lí sull'isola, si era abituata come tutte e adesso era nera che sembrava un'abissina. «Sua moglie, tra l'altro, è nordica. Tedesca? Ah no, trentina. Ed è rossa di capelli, per di piú». Ma intanto, Hana aveva smesso di scendere in paese dopo i primi due mesi, anche con l'ombrello aperto, anche con il fazzoletto in testa, anche con gli occhiali affumicati. E prima dell'estate aveva smesso di uscire in giardino, e poi perfino di aprire le finestre. Era allergica al sole, diceva.

Soltanto fino a poco tempo prima, lui si arrabbiava. Oppure rideva e ci scherzava sopra e le portava in casa gente, la moglie del federale, che le suonasse il piano nel soggiorno, o quella del dottore, che le insegnasse a ricamare, ma che alla fine smise di venire perché cosí con le finestre chiuse non si vedeva piú neanche il filo. Si arrabbiava, lui, ci scherzava su, ma soprattutto non sapeva cosa fare e allora le parlava, mentre lei stava a guardargli la bocca, le mani e gli occhi, come quando erano fidanzati. Poi, neanche piú quello.

Fra i tanti amici miei ci sta un amico
e ve lo dico
è Ludovico
che degli amici è l'Araba Fenice
la Beatrice
che fa felice

Seduta sulla sedia, le ginocchia unite sotto la sottoveste leggera che le sfiorava le caviglie e il dorso dei piedi infilati nelle pantofole, continuava a muovere le labbra, lentamente. Lasciò che il commissario le sollevasse, con rapida e meccanica delicatezza, la spallina della sottoveste che ogni volta le scivolava giú.

Aveva una ragazza Ludovico
che non vi dico
un fiore antico

Non si mosse mentre lui si chinava su di lei a controllare che la sottoveste fosse pulita, che Martina non si fosse dimenticata di spazzolarle i capelli. Il commissario le passò le dita tra i riccioli rossi, e prese anche la spazzola dal ripiano della toilette da camera, tenendola in alto per girarla a caccia di capelli alla poca luce che increspava la penombra, e pensò *accidenti a quella ragazzina, quando torna*.

E se gli chiedi il naso non si sbaglia
lui se lo taglia
e te lo dà

Per quanto ne sapeva lui, Hana si muoveva soltanto per rimettere la puntina sul giradischi, in un fruscio rapido che la faceva sembrare davvero un fantasma, in un gesto così ripetitivo, identico e frequente che era come se non si muovesse mai. A volte, però, si scuoteva all'improvviso, concreta, presente e viva.

Fissò la spazzola che lui teneva in mano e sbatté le palpebre, sollevando lo sguardo verso il suo viso. Aveva zigomi alti, Hana, coperti di lentiggini chiarissime, quasi trasparenti, che si alzavano verso gli occhi ogni volta che sorrideva. Socchiudeva le palpebre ma si vedeva brillare tra le ciglia un riflesso verde, veloce e intenso, e poco dopo, a saperla aspettare, una ruga, una sola, all'angolo di un labbro. Eccola.

– Lo sai? Questa notte ho sognato il Diavolo.

Nient'altro. La voce le era uscita fresca e limpida come una volta ma già sull'ultima sillaba le labbra avevano ricominciato a muoversi da sole, mute e silenziose, mentre il riflesso verde spariva.

– Hana, – disse il commissario, – Hana, per favore!

Fra i tanti amici miei ci sta un amico
e ve lo dico
è Ludovico

Allungò un braccio ma si trattenne dall'afferrarla per le spalle e scuoterla perché sapeva che non sarebbe riuscito a fermarsi piú. Quel pensiero gli fece paura. Si chinò rapido a raccogliere la spazzola che gli era caduta a terra, la gettò dentro la bacinella del lavamano e uscí dalla stanza, frugando nella memoria per ritrovare quel riflesso verde e quella ruga sottile e tenerseli davanti agli occhi il piú a lungo possibile. Non ci riuscí e allora se ne andò fuori, sbattendo forte il portone di casa, e attraversò il giardino e poi giú lungo la strada che portava al paese, dove non c'era vento e quella canzone, saltellante, assurda e isterica, non si poteva sentire piú.

Sette.

Nessuno sapeva cosa dicesse Hana quando parlava da sola dentro la canzone. Seduta rigida, col busto eretto, sembrava fissare qualcosa davanti a sé. Quando era giorno e fuori c'era il sole, davanti ai suoi occhi passava una sottile lama di luce, una sola, che riusciva a filtrare tra le persiane serrate. Dentro quella sottilissima striscia luminosa si agitavano migliaia e migliaia di minuscoli granelli di polvere, frenetici e scintillanti. Forse erano quelli che Hana fissava.

«Conta la polvere», diceva Martina, che si muoveva silenziosa e scalza per la stanza dal mattino presto fino al pomeriggio, quando tornava a casa sua. Era la persona che passava piú tempo con Hana. Dopo le prime volte si era abituata al suo bisbigliare continuo e non si era piú voltata di scatto: «Mi chiamaste, signora, che voleste?» Si era abituata anche a *Ludovico*, che canticchiava tra sé a mezza voce, ma mai in presenza dell'Eccellenza Sua il signor commissario.

«Conta la polvere».

Se Martina fosse rimasta nella stanza anche dopo il pomeriggio, quando il sole e la lama di luce polverosa sparivano, si sarebbe accorta che Hana continuava a fissare quello stesso punto, muovendo le labbra anche se non c'era piú nulla da contare. Se Martina non fosse stata una servetta di tredici anni, selvatica, analfabeta e scalza, forse avrebbe capito che Hana, quando muoveva le labbra fissando il vuoto davanti a sé, scriveva. Sotto agli occhi aveva il piano di una scrivania con sopra un foglio bianco di carta Fabriano, morbido e un po' poroso. Disegnava le parole su quel foglio, seguendo con lo sguardo le curve e gli angoli del suo corsivo minuto, da prima della classe, medaglia al merito nelle gare di calligrafia. Nel turbinare di puntini luminosi e gialli al mattino, rossi al tramonto, grigi di penombra la sera e poi neri, la notte, Hana scriveva. Scriveva lettere al suo commissario.

Carissimo mio virgola e a capo ci sono sempre strisce luminose quando cerco di dormire punto a capo maiuscolo Socchiudo gli occhi e lascio le ciglia abbassate virgola leggere leggere virgola abbastanza da lasciar filtrare una linea sottilissima di luce punto.

Virgola, punto, a capo, maiuscola, ma poi dimenticava occhielli, trattini di congiunzione e gambette e finiva per farsi trascinare dalle parole che le scorrevano rapide davanti agli occhi, da sole.

Dentro quella luce vedo i granelli di polvere diluirsi o ammassarsi a seconda dei risucchi dell'aria e ascolto le loro collisioni. Carissimo mio, lo so che pare cosí strano a dirsi in questo modo, però tutto fa rumore, anche i granelli di polvere che si scontrano nell'aria e io non riesco a dormire. È per questo che ascolto quella musica, sempre la stessa, perché già ne conosco ogni pausa, ogni accelerazione, ogni movimento e cosí non può farmi paura. Il sole di quest'isola è diverso da tutti gli altri soli che ho mai visto. Diverso da quello tiepido del parco della villa in cui ci incontrammo per la prima volta, quando per sfiorarti le mani ti chiesi di tenermi l'ombrellino. Lo so che te ne accorgesti, lo vidi quel tuo sguardo imbarazzato quando lasciai le dita sotto la stoffa bianca dei tuoi guanti da ufficiale e fu un secondo solo, ma abbastanza. Non ti piacqui e lo sapevo che non ti sarei piaciuta. Lo capii non appena ti sentii imboccare il sentiero alle mie spalle e sentii la ghiaia scricchiolare incerta sotto ai tuoi stivali. Lo lessi nei tuoi occhi nel momento in cui mi girai sulla panchina di sas-

so del giardino della villa. Troppo pallida, troppo magra, troppo fragile.

Non mi avevi immaginata cosí. Non assomigliavo per nulla alla brava ragazza che ti scriveva lettere al fronte. Ti adottai senza conoscerti, come si usava tra noi ragazze della buona società, madrine di guerra per giovani ufficiali. Ricordo ancora la stizza che provai quando in risposta alle mie parole accorate ricevetti le tue, corrette, fredde, formali e indifferenti. Era una sfida, carissimo mio, e io la vinsi perché ad ogni lettera che ti scrivevo, seduta sul letto, la notte, in modo che la luce della luna, l'ombra tremolante delle candele e i sospiri delle mie sorelle dormienti mi ispirassero la giusta intensità, ad ogni mia lettera, carissimo mio, la tua risposta mi arrivava sempre piú in fretta, sempre piú lunga e piú appassionata, finché non ebbi la certezza che ti eri innamorato di me.

Per questo, quando ti sentii esitare alle mie spalle, non mi disperai, ma attesi. Attesi che venisse il buio, seduta con te sulla panchina di sasso, sotto lo sguardo complice di un fauno di marmo. E a mano a mano che calava il buio e io diventavo un'ombra e tu sentivi soltanto il suono della mia voce e delle mie parole, dimenticasti che non ero come avevi sognato nelle trincee del Carso e ti ricordasti di amarmi. «Lo sapete, signorina Hana, – mi dicesti quando tornasti in licenza, la seconda volta, – che quando sorridete il sole vi fa brillare gli occhi?»

Ma questo sole, carissimo mio, questo sole è diverso. È una sfera luminosa che non scalda ma brucia soltanto, che arde nel cielo, bianco e duro come un sasso. E io non lo posso guardare, carissimo mio punto maiuscolo Un bacio virgola Hana.

A tutto questo pensava Hana mentre sussurrava nel buio scrivendo con gli occhi una lettera al suo commissario, che in quel momento attendeva lontano, pensoso e con le braccia conserte, e ascoltava distratto il gorgoglio di un fiotto d'acqua sottile, strozzato da un cannello d'ottone che aveva la vaga forma di un muso di capra.

Otto.

All'ingresso del paese c'era una fontana che serviva ai contadini e ai pescatori, nei giorni di mercato, per sciacquarsi la polvere dai piedi prima di mettersi le scarpe che avevano portato a tracolla perché restassero piú nuove e tenessero il lucido piú a lungo.
Anche Zecchino le portava cosí, unite per i lacci e buttate di traverso su una spalla, nere e lucide come il vestito che aveva addosso e come i capelli stirati indietro dalla brillantina, lucidi e neri. Tutte le sante sere che Dio mandava in terra Zecchino si vestiva e scendeva in paese per bere una sambuca al caffè, dopo essersi sciacquato i piedi alla fontana. Chi aveva bisogno di lui come sensale di capre e di formaggio lo trovava ogni mattina in piazza e chi lo cercava come sensale di mogli poteva trovarlo la domenica sul sagrato della chiesa. Ma per la polizia era al caffè, seduto al tavolino in fondo, a sgranocchiare chicchi neri e lucidi di sambuca. Tutte le sante sere che Dio mandava in terra, come aveva spiegato al commissario la prima volta che era andato a presentarsi e a mettere a disposizione i suoi servizi di spia.
Per questo si stupí vedendo la sagoma scura del commissario appoggiata al bordo della fontana e non sulla soglia del caffè, col sole dietro alle cannucce d'osso della cortina, quando gli faceva un cenno rapido con la testa perché andasse fuori a raccontargli quello che voleva sapere. Esitò, anche, piú che altro per l'imbarazzo di farsi trovare cosí in disordine da un'Eccellenza, coi piedi sporchi di

quella polvere spessa e bianca come calce. Ma poi si strinse nelle spalle e si fece avanti.

– Vostra Eccellenza mi scuserà... – disse, ma il commissario lo fermò alzando una mano. Zecchino si sedette sul bordo della fontana, sulla pietra rotonda che serviva a raccogliere l'acqua come un catino e che sotto al cannello del rubinetto era umida di un muschio nero e appiccicoso.

– Se è per il discorso di Sua Eccellenza il Duce, – disse allargando le braccia, – non ho molto da riferire. Lo sapete anche voi, signor commissario, sull'isola la pensiamo tutti allo stesso modo. A parte i confinati della Cajenna, che quelli si sa che la pensano male, gli altri neanche un fiato. Pare che soltanto il farmacista, appena letto il giornale, abbia detto «questa è la volta buona che lo mettono dentro» e dato che pare, e già ve lo dissi, che sia di simpatie anarchiche, si può pensare che il commento non sia favorevole a Sua Eccellenza il Cavaliere Mussolini.

Il commissario annuí. Allungò un braccio e con la punta di un dito toccò il muschio sotto al cannello, ma ritrasse subito la mano perché era freddo e molle come la carogna di un animale morto.

– Cosí pare, – disse. – E poi?

Zecchino sospirò, aggiustandosi le scarpe a tracolla. Si guardò i piedi, sollevandoli da terra, poi di nuovo si strinse nelle spalle.

– Lo sapevo che non era solo la politica quella che vi interessava. Che volete sapere?

– Miranda. Il miliziano ucciso.

– Ucciso? Io sapevo che era morto da solo.

– Va bene... morto comunque. Che tipo era?

– Un bel tipo, non so se mi spiego.

– No, Zecchino, non ti spieghi.

– Signor commissario, intendiamoci bene. Noi Zecchino siamo a stipendio della Questura da generazioni, ma da quando ci sono i fascisti io, la Cajenna, l'ho sempre considerata come un'isola a parte. Se mi dite che c'è un sovrapprezzo...

Un'isola a parte. Il commissario toccò di nuovo il muschio sotto al cannello con l'intento, vagamente masochista, di riprovare quella sensazione sgradevole. In effetti, se pensava alla Cajenna, non gli veniva in mente nulla. Il numero dei fascisti, quello dei confinati, le pene e i reati commessi, nulla, a parte Valenza e Mazzarino. Il vecchio commissario aveva delegato interamente la gestione della fortezza ai fascisti, quando erano arrivati a dare una mano alla Questura, e lui aveva fatto la stessa cosa. Anzi, si era praticamente dimenticato della Cajenna. Anche le lettere, i telegrammi, i rapporti e le richieste di informazioni sui confinati, tutte quelle carte che pure in due anni dovevano essere arrivate e partite... aveva lasciato volentieri che venissero consegnate direttamente alla Milizia, nonostante fossero di sua competenza. Davvero, un'isola a parte.

– C'è un sovrapprezzo.

Zecchino strinse le labbra, annuendo con forza. Si alzò dalla fontana e tornò a sistemarsi le scarpe che gli scivolavano lungo la manica della giacca.

– Allora mi spiego. Questo Miranda non era come le altre camicie nere della Cajenna. Li avete visti, no? Tutti mentecatti e mezzi dementi, come il loro capo.

Li aveva visti. Come aveva visto la nota informativa che il suo predecessore aveva richiesto su di loro, poco prima di andarsene. Precedenti penali infamanti, malattie mentali, sifilide... sembrava che il Partito avesse voluto sbarazzarsene, confinando anche loro sull'isola. Miranda, a quanto diceva la nota, era lí per aver messo incinta la figlia di un console generale della Milizia.

– Questo Miranda era uno che piaceva alle femmine. Voi mi direte quali, visto che sull'isola, a parte le mogli delle autorità, di femmine ci sono solo le capre e le donne dei contadini e dei pescatori, che sembrano capre pure loro. E io vi dirò che proprio a quelle là, piaceva, alle mogli delle autorità. Il bel miliziano Miranda si è ripassato la moglie del federale, quella del dottore e pure la figlia giovane del farmacista, che la moglie non ce l'ha essendo vedovo. La signora dell'inglese è arrivata da troppo poco, se no toccava pure a lei, che dicono sia una bella donna.

Il commissario alzò la testa di scatto. – Un inglese? C'è un inglese sull'isola? – Forse non era un gran poliziotto, ma come funzionario era preciso e zelante e conosceva bene tutti i fascicoli in fila dietro alla grata metallica del suo armadio, al commissariato. Se c'era un inglese sull'isola era arrivato volando.

– Non so, – disse Zecchino. – Me ne ha parlato l'ufficiale postale che dice che tutti i santi giorni questo inglese va da lui a fare un telegramma e che una volta ci ha portato anche una bella donna. Mi informerò meglio.

Il commissario annuí. – Torniamo a queste, – disse mostrando a Zecchino il dorso di un pugno chiuso da cui spuntavano l'indice e il mignolo. – Chi le aveva me l'hai detto. E chi sapeva di averle?

– Quelle del dottore le conoscevano tutti... pure lui, che è impotente ed era contento che ci fosse qualcuno che gli sistemava la moglie. Quelle del federale tutti... tranne lui che è cosí cotto da credere davvero che la sua signora era maestra a Taranto e invece faceva la ballerina di fila nei café-chantant e sull'isola c'è arrivata col foglio di via della Buoncostume... ma queste sono cose che già vi ho detto, credo.

– E quelle del farmacista?

– Quelle tecnicamente non sono corna, anche se prudono lo stesso. Non lo sa ancora nessuno... l'ho vista io la signorina Idea col bel miliziano, un giorno che tornavo dal monte. Però sono almeno due mesi che il farmacista la tiene chiusa in casa e l'altro ieri l'hanno visto arrivare fin quasi alla Cajenna e poi tornare indietro bestemmiando.

Il commissario annuí ancora. Guardò l'acqua che gorgogliava nella fontana e ci fece scorrere le dita aperte. Senza alzarsi e senza dire niente.

Zecchino guardò il cielo e sospirò: – Mi fate fare tardi, Eccellenza... mi perdo la sambuca, – ma poi, visto che il commissario non si muoveva, si sedette sulla pietra umida, aprí le mani sulle ginocchia e si sporse in avanti, verso di lui.

– Pare che questo Miranda, – sussurrò, – fosse molto amico del suo superiore, quel Mazzarino. Quando si ubriacavano andavano insieme sugli scogli a sparare ai gabbiani o a caccia di cani randagi nel bosco. Mazzarino sapeva tutto quello che lui faceva con le donne e pare che ci scommettessero pure sopra. Lo dico perché piú di una volta l'hanno visto che gli dava dei soldi, al miliziano, e un giorno che ero dalle parti della Cajenna l'ho sentito io con queste orecchie, Eccellenza, potessi diventare sordo proprio ora.

– L'hai sentito dire cosa, Zecchino?

– Ti do il doppio se ti fai la moglie di quella carogna di sbirro.

Il commissario non disse niente. Annuí soltanto, le dita di una mano nell'acqua fredda. Ma anche se era buio, Zecchino riuscí ugualmente a vedere che quell'altra era cosí stretta che le nocche gli erano diventate bianche, all'Eccellenza Sua.

Nove.

Tutte le sante sere che Dio mandava in terra, tranne questa.

Zecchino aveva rinunciato alla sambuca e si allontanava in fretta dal paese, le scarpe che gli penzolavano sul petto, inutilmente lucide e nere.

Se avesse avuto un animo poetico avrebbe alzato gli occhi al cielo e avrebbe guardato le nuvole. Avrebbe visto quella luce blu che ne gonfiava i bordi, ritagliandole dal cielo. Avrebbe cercato di scorgere quello che si intravedeva dietro, la profondità di quel nero che si allontanava all'infinito, e forse avrebbe provato attrazione o paura. Ma Zecchino non aveva un animo poetico, aveva un animo politico e teneva gli occhi fissi a terra, attento a dove metteva i piedi. Camminava in fretta tra i muretti a secco che segnavano il sentiero, in mezzo, per evitare le spine dei cactus che coprivano le pietre. Pensava e intanto si malediceva.

Suo padre, il padre di suo padre e il padre del padre di suo padre: da che si ricordasse gli Zecchino avevano sempre fatto gli informatori della polizia. «Passano i commissari, passano i governi, passano anche i re, – diceva suo padre, – ma gli Zecchino restano». Ed era vero, perché lui stesso, nella sua carriera di spia, ne aveva visti cambiare tanti di commissari sulla poltrona, e di ritratti di ministri sulla parete dietro ai commissari. C'era stato quello di Giolitti che veniva da Palermo e che per le elezioni del 'novecentotredici voleva che lui infilasse di nascosto coltelli a serramanico nelle giacche dei socialisti, cosí gli agenti *glieli uscivano* dalle tasche perquisendoli ai comizi, ma lui aveva detto «Eccellenza, grazie, no: questo è lavoro da sbirri». C'era stato quello di Salandra che veniva da Bologna e che voleva che gli tirasse *ben fuori* tutti i nomi degli imboscati che non intendevano andare al fronte e lui gli aveva detto «Eccellenza, mi dovrete un indennizzo» perché era stato allora che si era abituato a fumare il toscano, con tutto il tempo che aveva passato all'emporio a segnarsi quelli che compravano il tabacco da mettere sotto le ascelle per farsi venire la febbre alla visita di leva. C'era stato quello di Facta che veniva da Verona e non *g'aveva fato in tempo a farse dar la lista degli iscritti al fassio* che già gli aveva chiesto di bruciarla mentre quelli stavano ancora marciando su Roma, e lui lo aveva fatto senza dire niente. E poi era arrivato questo. Sarà stato perché era cosí giovane e cosí per bene, cosí pignolo e cosí poco esperto delle cose dell'isola, sarà stato per la povera moglie pazza o chissà per cosa, ma non aveva mai saputo bene come prenderlo quel commissario lí. Era per questo che si malediceva.

Se avesse avuto un animo poetico, forse avrebbe alzato la testa per guardare quelle nuvole blu che sembravano gonfiarsi l'una contro l'altra e stringere quel cielo nero in un buco rotondo come un telescopio, puntato verso un infinito talmente profondo che neppure il pensiero poteva immaginare. Ma Zecchino aveva solo un animo politico e pensava a suo padre, che insegnandogli il mestiere gli aveva detto che alla Questura «bisogna sempre raccontare tutto, ma non tutto tutto». E invece lui, maledetto lui, a quel commissario aveva raccontato troppo. Per questo aveva tirato fuori quel particolare, inutile ma vero, per carità, vero, della scommessa su sua moglie, per distrarlo e dargli qualcos'altro a cui pensare. Maledetto lui, maledetto se stesso e maledetta la sua lingua lunga.

Se alzò gli occhi al cielo fu solo in quel momento, per

maledirsi meglio, e allora la vide quell'ombra accucciata sul muretto, quella sagoma curva contro il cielo blu e nero, segnata in alto da due sporgenze acuminate come corna o punte di ali. Subito ebbe paura, ma poi la riconobbe, raccolse un sasso dal sentiero e ringhiando: – Va' all'Inferno! – glielo scagliò dietro mentre l'ombra, veloce come un'ombra, drizzava le ginocchia e scappava via tra i cactus, le braccia aperte e alzate come un pipistrello, per non ferirsi con le spine.

Il secondo giorno

Dieci.

Il tempo cambiava in fretta sull'isola. La mattina era iniziata con un sole pallido che si rifletteva ostinato sui muri bianchi delle case e aveva fatto sudare il commissario sulla salita che arrancava stretta fino alla farmacia. Poi, all'improvviso, senza una nuvola, una pioggia fitta e violenta cominciò a battere la polvere delle strade con un fruscio intenso e serrato, che feriva le orecchie. Il commissario corse sotto alla tettoia della farmacia, accecato dalle gocce di pioggia che gli scendevano sugli occhi, e lí rimase ad ansimare acqua, riempiendosi il naso di un odore umido che sapeva di ferro, finché un'ombra nera non lo urtò con una spallata, facendolo scendere dai gradini di pietra del ballatoio. Era Mazzarino seguito da altre due camicie nere, il commissario lo riconobbe dalla schiena larga che scompariva dietro alla cortina di pioggia.

Dentro, la farmacia aveva un aspetto strano. A prima vista sembrava tutto uguale al solito, a parte un vaso di coccio caduto da uno degli scaffali di legno che correvano lungo le pareti. Davanti al bancone, la signorina Idea che ne raccoglieva i pezzi, in ginocchio sul pavimento. Dietro al bancone, invece, nessuno, neppure il farmacista, e questo sembrava ancora piú strano del vaso in frantumi, dato che da quando era arrivato sull'isola il commissario lo aveva sempre visto là, incorniciato dai vasi di porcellana, mezzo uomo e mezzo banco di mogano.

– Se cercate mio padre non c'è, – disse la ragazza, senza alzare il volto nascosto dai capelli biondi. – Non si è sentito bene ed è andato a casa.

– Il nostro farmacista ha dovuto provare a Mazzarino la qualità di uno dei suoi prodotti, – disse Valenza, e solo in quel momento il commissario si accorse del dottore, appoggiato con le spalle allo scaffale delle erbe e pallido come un morto. – Per un attimo ho avuto paura di doverlo fare anch'io, – ansimò con un filo di voce, – ma per questa volta è andata –. Alzò il mento verso il bancone, accennando a una bottiglietta con l'etichetta inconfondibile, unta e nera, dell'olio di ricino. Era vuota per tre quarti.

– Torno piú tardi, – disse il commissario.

La ragazza si tirò su dal pavimento, sedendosi sui talloni, e si scostò i capelli dalla fronte scoprendo uno sguardo talmente carico d'odio che il commissario si sentí a disagio.

– E perché? – disse. – Andate, andate pure. Se girate attorno alla casa lo trovate là –. Aveva le mani piene di cocci, la signorina Idea, ed era imbarazzata dal grembiule azzurro che le si era teso sulle ginocchia e che le stava stretto sulla pancia, stranamente, per lei che era cosí sottile. E quando il commissario allungò il braccio per prenderla sotto al gomito, lei si divincolò con uno scatto e spingendo forte con i piedi nelle pantofole di stoffa si alzò da sola.

– Andate, andate, – gli disse ancora, dura, – subito a sinistra, dietro alla casa, cosí lo vedete.

Subito a sinistra, dietro alla casa. Il commissario se la fece di corsa, piú che altro per togliersi da quello sguardo da malocchio, ma appena girò l'angolo si bloccò di colpo, fermo sotto la pioggia. C'era una gabbia di legno, poco piú di una stia per polli, una scatola, coperta da una tettoia di lamiera corta e stretta. Aveva una porta che era rimasta spalancata e dentro, aggrappato per le mani a due cinghie inchiodate alle pareti, le ginocchia piegate sotto i calzoni arrotolati alle caviglie e il sedere nudo proteso verso un buco tra due assi di legno, c'era il farmacista.

– Che c'è? – ringhiò tra le labbra contratte per la sofferenza. – Eh? Che c'è?

– Torno un'altra volta, – disse il commissario, ma il farmacista ringhiò piú forte.

– E perché? Un uomo resta un uomo anche a culo nudo! Io non mi vergogno... del resto la colpa è vostra...

– Mia? Io non c'entro niente. Sono un poliziotto, io... un uomo dello Stato.

– Ah sí? E fa differenza? Per Dio... mi si schiantano le budella!

Strinse i denti, aggrappandosi alle cinghie, piegò il volto su una spalla e contorcendo i fianchi urlò qualcosa su Mussolini che il commissario fece finta di non sentire. L'odore arrivò nonostante la pioggia, forte e improvviso.

– Non ce l'ho con voi, – sibilò il farmacista, pallido, gli occhi iniettati di sangue, – so cosa avete fatto e vi rispetto. Ma per Dio... i vostri padroni in camicia nera! Dio... Dio!

Spinse in avanti la mascella, mentre la fronte gli si copriva di un sudore opaco che dava l'impressione di essere ghiacciato. Un dolore sordo e senza sfogo lo fece inarcare fino a fargli toccare le ginocchia con il mento.

– Non ce la faccio piú, – soffiò. – Fatemi andare via, vi prego. Se ci torno cosí, in continente, finisco nelle grinfie del Mazzarino di turno... ma se mi fate un foglio voi dove dite che sono una persona per bene...

– Un foglio mio... e a che vi serve? Io posso scrivere che non avete mai commesso reati, ma quello che vi occorre è un giudizio politico. Lo dovete chiedere al federale...

Il farmacista spalancò la bocca, divincolandosi come un serpente impazzito, e tirò cosí forte le cinghie che queste si schiodarono dal legno, facendolo cadere indietro, con il sedere nel buco. Cominciò a piangere, un pianto cattivo, che gli piegava indietro le labbra e gli angoli degli occhi, come una maschera, strappandogli dalla gola un raglio corto e sordo da somaro.

– Torno un'altra volta, – disse il commissario, – torno un'altra volta! – e scappò, via, verso la strada.

Sotto un albero c'era Valenza che lo aspettava. Appena lo raggiunse la pioggia cessò di colpo com'era venuta, lasciando sulla polvere un odore di ferro bagnato cosí forte da mozzare il respiro. Anche il sole tornò a riverberare sulle pareti delle case, malato e ostinato, tanto che Valenza si calò la tesa del cappello sugli occhi.

– Se vuole può sporgere denuncia, – disse il commissario, passandosi una mano sui capelli bagnati. Scrollò le dita, lanciando attorno gocce di pioggia dure come schegge, e guardò Valenza, che sorrideva. – No, davvero. Se lui volesse fare denuncia...

– Non credo... non adesso, almeno. Sapete che sono passato da casa vostra poco fa? La ragazzina che avete a servizio mi ha detto che vi siete infilato i giornali in tasca e siete uscito senza neanche leggerli.

Indicò il cilindro di carta che spuntava annerito e pesante di pioggia dalla tasca della giacca del commissario. Il commissario annuí e inarcò le spalle, cercando di staccarsi dalla schiena la camicia bagnata che la giacca e il panciotto inzuppati gli schiacciavano sulla pelle. Riuscí soltanto a scavare la strada per un rivolo di gocce gelide che dai capelli gli scese fastidioso tra le scapole fino al fondo della schiena.

Valenza portò il pugno chiuso alla bocca e si schiarí la voce:

– Posso ricordarvi il nostro patto, Eccellenza? – mormorò. – Mi avevate promesso che i giornali...

– Oh già... è vero –. Il commissario si toccò la fronte con la punta delle dita, poi sfilò il cilindro dalla tasca e lo porse a Valenza, che lo soppesò sul palmo della mano, perplesso.

– Solo due? – chiese. – E gli altri?

– Sequestrati in tipografia. Accontentatevi.

Valenza si strinse nelle spalle, poi scelse un giornale e

lo staccò dall'altro con cautela, grattando la carta con le unghie. Restituí quello del partito al commissario e scorse velocemente la prima pagina, leggendo tra le labbra socchiuse: – OVIGLIO, SAROCCHI E CASATI SOSTITUITI NEL MINISTERO DA ROCCO, GIURIATI E FIDELI. Be', almeno qualche galantuomo ci sta ancora. ARRESTI E CHIUSURE DI RITROVI PER MOTIVI DI ORDINE PUBBLICO. LO SCIOGLIMENTO DELL'ITALIA LIBERA... questo me l'aspettavo. LE SCONFITTE DELLA JUVENTUS E DEL GENOA NELLA DODICESIMA GIORNATA DEL CAMPIONATO. Tutto qui? Già finito?

Batté con le nocche sul riquadro che chiudeva la pagina: – ISCHIROGENO. RICOSTITUENTE MONDIALE DEL GENERALE MEDICO GIUSEPPE BRIZZI, – lesse. – Farebbe bene anche all'opposizione un po' di ischirogeno. Va be'... è ancora presto. Vedremo. Cosa dice il dottore dopo il suo esame?

– Insiste che Miranda è morto perché è caduto dalla rupe.

– Allora dovrebbe restituire la laurea. Vi siete fatto mostrare la lingua del miliziano?

Il commissario fece una smorfia. Annuí, rapido.

– Immagino che sia un brutto ricordo per chi non c'è abituato, ma ditemi... nera e rigida?

– Sí.

– E con escoriazioni varie, tipo graffi.

– Sí... mi è sembrato, sí.

– Il collo?

– Un grosso segno bluastro che girava attorno.

– Sotto le unghie?

– Erba e terra. Una mano era immersa nell'acqua, ma l'altra no. Erba, direi, sí... e terra.

– Altri segni? Gambe, piedi, schiena...

– Schiena. O meglio: fondo schiena. Tagli sulle natiche... scorticature, come quando si cade in bicicletta.

– Con la crosta o senza?

– Valenza, per favore... – Il commissario allargò le braccia. Sospirò a fondo, soffiando fuori l'aria, poi scosse la testa: – No. Niente crosta. Erano rosse di sangue ma niente crosta.

– Interessante –. Valenza si toccò le labbra con il bordo del cilindro che aveva di nuovo arrotolato. Annuí, pensoso, poi restituí il giornale al commissario e ripeté: – Interessante.

– Cosa c'è di interessante?

– Mi farete leggere il giornale anche domani?

– Parlate, Valenza... non mi fate inquietare.

– Allora: il miliziano è stato strangolato. Ha quel segno sul collo, i tagli sulla lingua di chi spalanca la bocca per prendere aria e si ferisce contro i denti. Ne ho visti, all'Università... Siete sicuro che il segno girava?

– Sono sicuro.

– Allora l'hanno strangolato con una corda. Se avessi visto il cadavere potrei dirvi in che posizione stava l'assassino e quanto era alto, ma cosí... Però un'altra cosa ve la posso dire. Una cosa bizzarra. Al momento della sua morte, il bel miliziano Miranda era nudo.

– Nudo?

– O per lo meno senza calzoni. Quando l'hanno tirato su dalla rupe ho visto che i suoi vestiti erano intatti, dietro. E da come li avete descritti, gli scorticoni sul culetto non erano roba vecchia. Sapete quello che penso? Che quando l'hanno strangolata con una corda la vostra camicia nera era nuda su un prato e nel dibattersi si è graffiata il sedere e riempita le unghie di erba e di terra. Ah, se potessi vederlo...

– Ho requisito una ghiacciaia di pescatori e l'ho fatto mettere al fresco, come mi avete suggerito voi.

– E Mazzarino ve lo ha permesso?

– Sí.

– Strano. Immagino che abbiate già richiesto informazioni alla nostra spia ufficiale.

– Certo.

– E che abbiate anche fatto visita all'arciprete, che oltre ad avere la chiesa vicino al punto in cui è caduto il miliziano, fa la spia, diciamo cosí, per vocazione.

Il commissario corrugò la fronte e guardò Valenza. Non voleva essere uno sguardo di riprovazione per quello che aveva detto, solo di sorpresa. All'arciprete non ci aveva proprio pensato.

– E ditemi, siete qui perché credete che possa essere stato il farmacista?

Il commissario scosse la testa. Non gli confidò che era andato da lui soltanto per quello che aveva detto Zecchino. La figlia del farmacista disonorata dal miliziano. Era l'unico elemento che aveva e non sapendo da dove iniziare aveva deciso che tanto valeva iniziare proprio da lí.

Valenza fece un passo, sollevando appena la tesa del cappello, la fronte corrugata:

– O Dio, scusatemi, Eccellenza... dimenticavo che vostra moglie non sta bene. Forse siete qui per questo.

Il commissario se ne ricordò solo in quel momento. *Ludovico*, portato fin lí da un alito di vento denso e appiccicoso come miele che gli fece venire una voglia irresistibile di strapparsi via tutti i vestiti bagnati.

– Ognuno al suo posto, Valenza. Io faccio il commissario e voi il confinato. Se c'è qualcuno che fa le domande, qui, sono io e basta. Intesi?

– Intesi. A voi l'incombenza di scoprire chi va in giro a strangolare miliziani nudi sui prati. A me basta che non vi dimentichiate del giornale, domani.

Un altro alito di vento, le ultime note di *Ludovico*, snervanti come quel calore innaturale e appiccicoso. Silenzio di attesa, prima che la puntina tornasse sul solco.

– Che farete, Eccellenza? Brinderete con noi se le notizie saranno buone?

– Non so, quali notizie intendete?

– Oh, ce ne sono tante... la lira che rimonta sulla sterlina, un nuovo lavoro di Pirandello... alcuni milioni di ita-

liani che rinsaviscono e mandano in galera un delinquente.
Un altro alito. Silenzio. Silenzio di attesa, senza *Ludovico*.
Un silenzio lungo.
Troppo.
– Volete che andiamo alla ghiacciaia, Eccellenza?
Silenzio. Soltanto il vento, vuoto.
Perché non ricomincia, pensò il commissario.
Silenzio.
– Se volete ci andiamo adesso, cosí vi espongo...
– Scusate, – disse il commissario. Uscí da sotto l'albero e senza pensare ad altro cominciò a correre verso quel vento appiccicoso, che troncava il fiato.

Undici.

Era arrivato un telegramma.
Lo aveva portato un signore che non era né il brigadiere né l'ufficiale della posta, spiegò Martina appena lo vide entrare in casa, umido di pioggia vecchia e di sudore. E dov'era adesso? Il signore o il telegramma? Tutti e due. Martina chinò la testa su una spalla e appoggiò un piede scalzo sopra un ginocchio ossuto, in equilibrio su una gamba sola, come una cicogna. Il signore, in soggiorno, ad aspettare l'Eccellenza Sua. Il telegramma, invece, lo aveva portato alla signora.

L'uomo che non era né il brigadiere né l'ufficiale della posta era un signore magro e quasi calvo, a parte una cortissima peluria lucente che gli ricopriva la testa e gli scendeva a punta verso la fronte. Aveva un volto affilato e orecchie incredibilmente grandi, come la bocca, sottilissima, e gli occhi, dalle palpebre sporgenti. Era bianchissimo di carnagione, o almeno cosí pareva, perché il colletto chiaro della camicia aperto sulla giacca scura sembrava riflettergli sul viso i raggi del sole che entravano dalla finestra. Sedeva sul bordo di una sedia di legno e quando vide il commissario si alzò di scatto, con uno scrocchio delle ginocchia. Non era molto alto.

Disse: – Mi chiamo Santana, sono sull'isola da un paio di settimane e non avevo ancora fatto la vostra conoscenza, cosí quando all'ufficio postale è arrivato un telegramma per voi ho pensato...

– Siete l'inglese?

Santana sorrise e il commissario non riuscí a sentire l'inizio della sua risposta perché il silenzio oltre la porta chiusa della camera di Hana, quel silenzio senza *Ludovico*, lo distraeva.

– Come avete detto?

– Ho detto che mi chiamano cosí, ma non so neppure io perché. Sono nato a L'Aquila e sono italiano da sempre.

Quel silenzio. Come una finestra aperta nella sua testa, da cui entrasse una corrente d'aria che porta via i pensieri. Al posto delle orecchie, persiane spalancate, una di fronte all'altra, e un venticello rarefatto, di montagna, di quelli che fanno volare via i fogli dai tavoli. Forse anche una nuvola.

– Come avete detto?

– Ho detto che sono venuto sull'isola in cerca di ispirazione. Sono musicista, sapete, compositore e direttore d'orchestra. Conoscete Satie?

Mezzo cervello gonfiato da quell'aria e sollevato in alto, come una mongolfiera, a sbattere contro la volta del cranio. La voce di Santana che canticchia, lontana, velata, qualche nota di pianoforte, ripetitiva e dissonante.

– Ho detto che io preferisco Schönberg, *Verklärte Nacht*, Notte di Trasfigurazione. Conoscete la Scuola di Vienna?

Quel silenzio. Perché. Quel telegramma. Cosa c'è in quel telegramma?

– Ho detto non è per parlarvi di musica che sono qui, ma per presentarmi e chiedervi un favore. Vorrei prendere a prestito la vostra piccola domestica. Sapete, pare che sia l'unica donna capace di lavare la biancheria a modo su quest'isola... tra quelle disposte a farlo per servizio, naturalmente. Volete? Soltanto per oggi... ho già chiesto alla famiglia.

Il commissario annuí, piú che altro per scuotersi dalla testa tutta quell'aria e quelle chiacchiere e tornare lí, in quella stanza dalle pareti intonacate di bianco, alla sedia di legno impagliato, all'inglese che lo fissava con gli occhi sporgenti, a Martina che era apparsa sulla porta, magra e scalza, una gamba sollevata, come una cicogna.

– Certo, – mormorò, – certo... come avete detto?

– Ho detto camicie bianche. Io non porto che quelle e ne cambio una ogni giorno. Ma non voglio trattenervi oltre, vedo che siete molto occupato. Con permesso, e ossequi alla signora.

Si inchinò, l'inglese, un inchino appena accennato, giusto le spalle irrigidite e la testa lievemente protesa in avanti. O forse un inchino teatrale, con il mento stretto sul petto e la schiena curva, a seguire in un semicerchio le mani che scorrono veloci lungo la linea delle gambe. Forse, perché il commissario l'inchino non lo vide. Si voltò non appena l'inglese accennò a muoversi, e rapido aprí la porta della camera da letto di sua moglie.

Dentro la camera non c'era proprio silenzio, non del tutto. C'era il fruscio della puntina contro il bordo dell'etichetta del disco, un raschiare ruvido che ogni tanto si interrompeva, quando un ricciolo di cartoncino rimandava il braccio del grammofono sulla gommalacca liscia e nera, senza riuscire mai a farlo arrivare fino agli ultimi solchi e a *Ludovico*. Era l'unica cosa che mancava, perché per il resto era tutto come sempre, le persiane sbarrate, la polvere che turbinava luminosa in un raggio di sole, la penombra. Hana, in vestaglia, seduta rigida accanto al lavamano di porcellana, a bisbigliare tra sé. Ma aveva qualcosa tra le dita, il rettangolo ingiallito e gonfio di un telegramma ancora chiuso. E quando il commissario si avvicinò, lei non rimase immobile a fissare la polvere, assorta nel suo stesso muovere di labbra, ma si voltò a guardarlo, e parlò anche. E non disse una frase senza senso, «Questa notte ho sognato il Diavolo», ma: – È arrivato un telegramma, – alzando il braccio, anche se con un gesto lento. E poi disse un'altra cosa, che al commissario troncò il respiro e quasi strappò un gemito.

Disse: – Socchiudi un po' le persiane, se no non riesci a leggere.

In fretta, prima che cambiasse idea, il commissario aprí la finestra, spalancò i vetri e spinse in fuori le persiane, troppo, perché Hana aveva piegato la testa su una spalla e con un lamento si era schermata gli occhi col dorso della mano. Allora avvicinò le imposte, un po', ancora un po', finché non rimase che una chiazza chiara di luce, sufficiente appena a far impallidire la penombra, ma era già qualcosa. Appoggiato al davanzale, il commissario infilò un dito sotto la linguetta che univa i bordi del telegramma in un rettangolo e con uno strappo li aprí in una grossa croce di carta. I moduli che avevano all'ufficio postale erano vecchi e scoloriti e anche la calligrafia dell'ufficiale postale sembrava vecchia e scolorita, ma il commissario era stato l'unico del suo corso da funzionari dello Stato a non mettersi mai gli occhiali e riusciva a vedere uno spillo sul pavimento anche di notte.

Era un telegramma del Ministero degli Interni, Direzione del Personale.

Diceva: *Pregasi mantenersi at disposizione eventuale trasferimento nuova destinazione*.

E nient'altro. Ma era abbastanza. Al commissario tremarono le mani. Si voltò a guardare Hana, che lo fissava, le labbra immobili, e da quella distanza e in quella penombra non si capiva se il suo fosse uno sguardo ansioso o indifferente. Le ripeté le due righe, senza leggerle, guardando lei che lo guardava. Le ripeté una volta sola e attese, trattenendo il respiro. Attese poco, pochissimo. Non vide le lentiggini sollevarsi verso gli zigomi, ma quel riflesso verde, quello che le brillava negli occhi quando sorrideva, quello lo vide.

– Sono stanca, – disse Hana. – Vorrei dormire.

Fece per alzarsi, appoggiandosi alla bacinella del lavamano che s'inclinò, facendo ondeggiare il treppiede di ferro smaltato. Il commissario si staccò dalla finestra e rapido prese Hana per un braccio, sotto il gomito, trattenendosi un momento prima di toccarla, quasi avesse paura di romperla, poi la portò fino al letto.

Sfilandole la vestaglia dalle spalle, pensò che non si era mai reso conto di come lei fosse diventata bianca, sottile e fragile. Afferrò il bordo del lenzuolo e mentre lo teneva alzato e lei piegava le gambe per infilarsi sotto si accorse che le lentiggini sulle sue ginocchia, quella pioggia fitta e sottilissima di macchie che gli aveva imprigionato lo sguardo quando Hana si era spogliata davanti a lui la prima volta, erano diventate cosí chiare che quasi non si vedevano piú.

Cos'ho fatto in tutto questo tempo, pensò il commissario, e quando lei appoggiò la testa sul cuscino la coprí con il lenzuolo fino al mento, le scostò i capelli con la mano aperta, piano, pianissimo, e la baciò su una tempia.

Prima di andarsene si fermò accanto al grammofono che frusciava, insistente e fastidioso, e con un gesto deciso sollevò la puntina e rimise a posto il braccio. Attese, nel silenzio, ma Hana non disse nulla, non si mosse, e se fece qualche rumore forse fu quello di un sospiro, un sospiro di sollievo.

Il commissario uscí dalla stanza, chiudendo piano la porta. Fece scricchiolare tra le dita la carta del telegramma che si era infilato in tasca e intanto pensava *al diavolo Valenza e tutte le sue congetture su un morto che ha visto da lontano*. Pensava *e se fosse davvero un incidente? Un semplice, normale, banale incidente?*

Stringeva le labbra e faceva scricchiolare la carta tra le dita, indice e medio, infilate nella tasca del panciotto.

Pensava *vedrai, Hana, vedrai*.

Dodici.

Poco prima, quando si era sporto sul davanzale per spingere in fuori le persiane, il commissario aveva intravisto Martina e l'inglese attraversare il giardino. Si tenevano per mano come fossero stati padre e figlia anche se nessuno, neppure al primo sguardo, avrebbe potuto scambiarli per tali, perché l'inglese sembrava comunque un signore e Martina comunque una servetta. Piú che alta e magra era lunga e ossuta e aveva l'aspetto selvatico e disarmonico di una ragazzina di campagna nell'età dello sviluppo. Il vestito che portava, un grembiule senza maniche, le era diventato corto e tirava sul petto e sui fianchi, stringendo spigoli che non erano ancora forme. La sua pelle aveva l'odore ruvido e forte di un animale da cortile, appena addolcito dal profumo morbido del sapone da bucato con cui si lavava il volto alla mattina. E se i capelli, di un biondo crespo e opaco, non le arrivavano alle spalle, non era per la moda di un taglio alla maschietta, ma perché aveva avuto i pidocchi, l'anno prima, e non era bastato il petrolio a mandarli via.

Era stato lui a tenderle la mano, agitando le dita aperte come si fa con i bambini, e lei gliel'aveva afferrata subito, con quel modo che aveva di fare, rapido, rustico e senza vergogna. Fianco a fianco, lei un po' piú indietro perché ogni tanto perdeva il passo per abbassare lo sguardo, curiosa, sulle scarpe bicolori di lui, e lui che continuava a parlare, a raccontare, proprio come si fa con i bambini. Ma anche cosí, anche da lontano, sembravano comunque un signore forestiero che tiene per mano una servetta scalza.

Salivano per un sentiero polveroso che Martina conosceva bene. L'erba sotto i suoi piedi nudi era stopposa e rada come la barba di un vecchio. I cespugli bassi sotto le dita della mano tesa erano cosí arricciati dal sole che sembravano lana di capra.

Quando diventava troppo ripido, il sentiero si spezzava in gradini scavati nella terra, alti e duri, che di solito lei superava a salti. Lo fece anche quella volta, con piú fatica, perché era senza rincorsa, e poi si fermò ad aspettare che l'inglese la raggiungesse, la prendesse per mano e ricominciasse a parlare.

Cosa dicesse non lo sapeva. Non lo ascoltava. A Martina non piaceva ascoltare, lei preferiva *sentire*, perché ascoltare lo si fa solo con le orecchie, ma sentire si sente con tutto il corpo. Per questo, quando i suoni cominciavano ad articolarsi in parole e le parole in discorsi, lei smetteva di ascoltare, chiudeva le orecchie come si chiudono gli occhi e si lasciava distrarre da tutto il resto, dall'odore forte di pesce delle reti stese ad asciugare, dal sapore salato dell'aria di mare scaldata dal sole, dal bruciore duro delle dita di legno di suo padre sulla guancia, «allora mi ascolti o no?»

Tra tutti i modi di sentire quello che le piaceva di piú era sentire con la pelle. Sotto le dita, sul palmo della mano, l'erba ruvida attorno alle caviglie, il vento sulle labbra, le gocce calde di sudore lungo la schiena: per questo era cosí brava a lavare, perché le piaceva sentire l'acqua tra le mani, le scaglie schiumose di sapone e la stoffa dei vestiti. Per questo era stata contenta quando le avevano tagliato i capelli per liberarla dai pidocchi, perché poteva sentire anche lí, sulla pelle liscia della nuca, sulle tempie nude e sul collo. Per questo quando si ammalava non lo diceva mai a nessuno e resisteva in piedi di giorno, gli occhi intorpiditi e i movimenti molli, e la notte scivolava fuori dal letto comune, veloce e silenziosa come una scintilla, per sentire l'aria bruciare fredda sulla pelle elettrica di febbre.

L'inglese parlava, parlava, e adesso aveva anche una mano alzata, a indicare i massi squadrati e tozzi che s'intravedevano oltre il ciglio del sentiero, incastrati uno sopra l'altro in un lungo rettangolo che sembrava una scatola rovesciata. Erano i resti di un tempio molto antico, che si diceva dedicato a Giove e che era stato costruito proprio dove il sentiero scartava a sinistra per non precipitare sugli scogli. In quel punto, il vento che veniva dal mare s'incuneava tra due rocce, raccoglieva il sale delle onde che si infrangevano sulla scogliera e lo soffiava forte sulle pietre. Le aveva levigate per secoli, quelle pietre massicce, tanto che quando il sole era alto nel cielo e ci batteva sopra sembravano bianche e lisce come marmo. Ma bastava che si abbassasse di poco, che si riflettesse inclinato sulle pareti del tempio e queste diventavano lucide come vetro. Al tramonto, quando scendeva a sfiorare il mare, il sole diventava rosso e il tempio sembrava prendere fuoco.

L'inglese parlava e s'interruppe per un momento, un momento solo, quando Martina lo tirò per la mano, come per dirgli di fermarsi. Si fermò, infatti, e lei salí rapida su una roccia al bordo del sentiero e gli montò a cavalluccio, stringendogli le ginocchia sudicie attorno ai fianchi, perché era stanca di camminare. L'inglese sorrise e la fece saltare lungo la schiena perché si sistemasse meglio, le braccia magre attorno al collo, il mento appoggiato a una spalla e le caviglie allacciate davanti, una sull'altra. Poi riprese a parlare e a camminare lungo il sentiero polveroso che in quel punto, e oltre, costeggiava il tempio.

Martina avvertí il profumo della lozione dopobarba dell'inglese e arricciò il naso, allargando le narici per sentirlo meglio. Alcool, il dolce del mughetto e l'aspro del sudore che bagnava il colletto della camicia bianca. Il ricordo dell'odore fresco che doveva aver avuto quella camicia, la mattina. Un sentore di sapone che ancora persisteva. Martina lo sentí sporgendosi sulla spalla dell'inglese e prendendo piano tra i denti la punta del colletto. Per farlo, si strinse di piú a lui e spinse in basso le gambe e le caviglie, e allora ci fu anche la stoffa morbida dei suoi calzoni sotto la curva di un tallone.

L'inglese parlava di amici in una grande villa nel continente. Martina lo capí da qualche parola che per un momento affiorò alla sua attenzione, per svanire subito, prima ancora che fosse pronunciata del tutto, e tornare in quel mormorio indistinto che le sfiorava le orecchie. La stoffa dei calzoni dell'inglese strisciava ad ogni passo contro il suo tallone ossuto, facendole il solletico, e questo la divertiva di piú. Slacciò le caviglie sottili e lasciò penzolare anche l'altro piede, spingendolo indietro fino a sentire la trama liscia del lino tinto di scuro. Il mormorio che le scivolava nelle orecchie si increspò e l'inglese la fece saltare ancora sulla schiena, ma piano, senza fermarsi, chiudendo le dita sotto l'incavo delle ginocchia, per sostenerla meglio. La stoffa, che si era allontanata, ricominciò a strisciare, passo dopo passo, con un solletico sottile che spariva se lei spingeva piú indietro i talloni, e il lino, da morbido e fresco che era, diventava piú caldo. Anche quello la divertiva, la incuriosiva, e allora Martina congiunse i piedi scalzi, l'uno sull'altro, intrecciando le dita, e arcuò le piante per chiuderle a coppa su quel calore. La voce dell'inglese si ruppe per un altro momento ma Martina non ci fece caso, già distratta da altro, prima dal luccicare del sudore tra i capelli cortissimi dell'inglese, poi da un rumore, un brusio forte e arrabbiato che veniva dal tempio. C'era un nugolo di mosche – in parte coperto da un angolo di pietra lucida come vetro – che cercava di resistere al vento e con isterica ostinazione puntava su qualcosa, una zona del terreno che osservata da quella posizione del sentiero era ancora nascosta dalle frange arricciate dei cespugli. Spingevano, le mosche, tiravano e premevano, sospese nell'aria in una tensione immobile, ronzante di fatica. Cosa ci fosse dietro ai cespugli, Martina non lo vedeva, e per tentare di vederlo si sollevò sulle ginocchia, schiacciando i piedi sui calzoni dell'inglese. Poi tornò giú e lo colpí con un tallone, piano, per farlo fermare.

– Cosa c'è? – chiese lui e Martina gli mise una mano sulla guancia, piegandogli il volto su una spalla.

– Oh, – disse l'inglese.

Si avvicinò al cespuglio, si fermò a guardare e rimase lí a lungo, un signore forestiero che tiene a cavalluccio una servetta scalza e fissa un punto sul terreno davanti ai ruderi di un tempio. Poi si voltò verso Martina, sfiorandole col naso la pelle sudata della tempia.

– Credo proprio che questo non piacerà al nostro commissario, – disse.

Martina non lo ascoltava. Il mento appoggiato a una spalla dell'inglese, osservava quelle gambe che spuntavano da un buco scavato nel terreno, dritte verso l'alto, come una V, la pelle nuda scoperta dai calzoni che erano scivolati lungo le caviglie, i peli sui polpacci che come le pietre del tempio, sotto il sole di quell'ora, sembravano di vetro.

Tredici.

– Si è ingoiato la lingua, Eccellenza. Scivolando, ha battuto il mento su un sasso e se l'è troncata con i denti, – disse il brigadiere. – È morto soffocato.

Il vento, in quel punto dell'isola, era un dito veloce e sottile, un soffio capriccioso che sollevava, arricciava e subito lasciava ricadere, fastidiosamente. Se la prendeva con il ciuffo di capelli che scendeva sulla fronte del commissario, scavava sotto la visiera del berretto del brigadiere, senza strapparlo via, inclinandolo appena, come per un dispetto, e sfogliava l'angolo del lenzuolo che copriva il morto, sul cassone del carretto. Un lenzuolo grande, bianco come un sudario, dalla stoffa cosí ruvida e grossa che era rimasta tesa tra le punte dei piedi e quella del naso, informe e liscia come un telo inamidato. Soltanto sul volto si era abbassata, impregnata di un sangue nero che l'aveva fatta aderire ai lineamenti come una garza, a scolpire una bocca grande e spalancata, denti sporgenti tra le labbra arricciate, narici profonde e occhi dalle palpebre rigonfie in una maschera spaventosa di tela raggrumata.

Chi è quest'uomo, pensava il commissario e intanto lasciava correre lo sguardo dal contadino scalzo, che reggeva il carretto svuotato in fretta dal fieno per trasportare il cadavere, al brigadiere col berretto storto, all'inglese che se ne stava seduto su un sasso con Martina sulle ginocchia, a parlare fitto e piano come se non ci fosse nulla che lo riguardasse in quell'insenatura sulla spiaggia a picco sotto il tempio di Giove, stretta come la lunetta di un'unghia.

Siccome sarebbe stato difficile e faticoso trasportare il cadavere in paese lungo i gradini del sentiero che aveva condotto Martina e l'inglese a quel fosso accanto al tempio, il dottore aveva fatto calare il corpo fino alla spiaggia sotto, con l'intenzione di caricarlo su una barca e farlo scivolare rapido verso il molo, all'altro capo dell'insenatura, dove c'era la ghiacciaia dei pescatori in cui il commissario aveva ordinato di chiudere Miranda. Il dottore non aveva voglia di esaminare anche questo cadavere, a quell'ora, e cosí lo aveva fatto scendere in fretta, senza attendere l'arrivo del commissario, anche se il brigadiere aveva mormorato: – Dottore, mi sa che quando arriva Sua Eccellenza…

Si aspettava un cazziatone, il brigadiere, e anche il dottore, visto che se n'era andato subito, senza aspettare la barchetta, lungo il sentiero polveroso, dicendo: – Intanto io mi avvio –. E invece no, Sua Eccellenza non aveva detto niente, non aveva urlato, aveva chiesto solo se lo aveva visto il dottore, neanche chi era, solo cosa ne pensava il dottore, e lui gli aveva detto cosí, che si era ingoiato la lingua, Eccellenza. – Scivolando, ha battuto il mento su un sasso e se l'è troncata con i denti. È morto soffocato.

Chi è quest'uomo, pensava il commissario, ma non lo disse. Disse: – Se cosí crede il dottore per me sta bene, – e intanto fissava un ricciolo di stoffa, un angolo di lenzuolo che il vento cercava di sollevare, a colpi rapidi, inutili e ostinati, come per un dispetto, come con il berretto del brigadiere. Non ci riusciva perché la tela era grossa e anche se lí, appesa alle punte dei piedi del morto, lasciava aperto uno spiraglio perché il vento ci si infilasse sotto, era troppo dura e troppo pesante. *Chi è quest'uomo*, pensava il commissario. Forse soltanto un pescatore, un pastore o un contadino. Forse nessuno.

In quel momento il sole che calava all'orizzonte raggiunse un'inclinazione tale che il mare, investito di colpo dai raggi rossi del tramonto, sembrò incendiarsi all'improvviso. Brillò cosí violento e insanguinato nella coda dell'occhio del commissario da strappargli lo sguardo verso l'acqua, verso uno scoglio piatto e nero che chiudeva l'insenatura dalla parte opposta al molo. C'era una grotta su quello scoglio, solo una piccola grotta scavata dal mare, ma aveva le pareti cosí oblique che non si riusciva a vederne la fine e sembrava profondissima anche se era poco piú di un buco. Cosí cieca e venata di lunghe alghe verdi e lucide di mare sembrava l'orbita di un occhio vuoto puntato sulla spiaggia, ed era per questo che da sempre i pescatori la chiamavano L'Occhio del Diavolo. Ma in quel momento l'occhio era vivo e aveva una pupilla, una pupilla stretta e rossa come quella di un animale feroce, che fissava il commissario. Fu solo un secondo, poi il sole cambiò inclinazione e la pupilla diventò una donna alta e magra, ferma sotto l'arco di sasso dell'Occhio del Diavolo. Era una donna sconosciuta.

– È mia moglie, – disse l'inglese.

Il commissario sobbalzò trovandoselo accanto, sollevato sulle punte dei piedi quasi per sussurrargli all'orecchio, complice.

– Non ama il sole e cosí aspetta il tramonto per godersi la spiaggia. Come si chiama?

– Vostra moglie?

– Il morto.

Il vento leccò rapido l'angolo del lenzuolo, arricciandolo appena. Non ce la fece a sollevarlo e lo lasciò ricadere, con un soffio che sembrava di stizza. Forse è un contadino, pensò il commissario. Forse è un pescatore. Forse non è nessuno.

– È Zecchino, – disse il brigadiere. – La spia.

Il commissario chiuse gli occhi e sospirò.

Zecchino.

Ma era morto da solo, lo aveva detto il dottore. Era caduto da solo. Erano anni che Zecchino faceva la spia sull'isola e nessuno gli aveva mai torto un capello. La sera prima lo aveva lasciato alla fontana con le scarpe attorno al collo, pronto a mettersele per andare al caffè. Forse aveva esagerato con la sambuca. Un paio di bicchieri di troppo, uno scivolone da ubriaco. Lo aveva detto anche il dottore che era caduto da solo. Troppa sambuca, troppa sambuca.

– Niente sambuca, Eccellenza –. Il brigadiere si strinse nelle spalle, raddrizzandosi il berretto. – C'ero anch'io al caffè, ieri sera, e Zecchino non s'è visto.

Va bene, pensò il commissario. Niente sambuca.

Ma non significa nulla. Zecchino se ne va bestemmiando perché *quello sbirro maledetto* gli ha fatto passare l'ora della sambuca. Se ne torna a casa con le scarpe che gli penzolano sul petto, inutilmente lucide e nere, inciampa in un sasso, un ramo secco, un ciuffo d'erba e cade. L'aveva detto anche il dottore. L'aveva detto anche lui.

Alzò gli occhi verso la grotta, ma la moglie dell'inglese se n'era andata. Voltò la testa di lato ma non c'era piú neanche l'inglese. Allora, senza sapere piú dove guardare, lasciò cadere gli occhi dove capitava e fu sul carretto, sulla maschera rossa dalla bocca spalancata. Abbassò lo sguardo, lasciandolo fuggire rapido lungo il bianco del lenzuolo, e quando arrivò in fondo il vento finalmente ce la fece, addentò l'angolo di tela e lo tirò indietro, scoprendo i piedi di Zecchino.

Il commissario sospirò ancora e questa volta non chiuse soltanto gli occhi, ci mise le mani sopra, aperte, con le dita che gli arrivavano dentro i capelli. Rimase cosí a lungo, tanto che, quando le tolse, il vento gli soffiò fresco sulle palpebre schiacciate.

– Corri in paese, – disse al brigadiere, – prendi qualcuno che ti aiuti e fruga dappertutto. Fa' quello che vuoi ma portami subito il dottor Valenza.

Zecchino era di famiglia contadina, camminava scalzo

da quando era nato e se si metteva le scarpe era solo per entrare in paese o perché doveva incontrare una persona importante e di rispetto. In paese non c'era entrato. E allora per chi se l'era messe quelle scarpe lucide che adesso gli bruciavano ai piedi rosse per i raggi del tramonto?

Quattordici.

In paese Valenza non c'era.
A quell'ora e cosí a ridosso del tramonto non poteva che essere in un posto solo.
Alla Cajenna.
Se qualcuno avesse dovuto dipingere la Cajenna in quel momento, col sole cosí basso sul mare, avrebbe usato colori a olio per ottenere una pasta lucida e spessa allo stesso tempo. Avrebbe mescolato il blu e il rosso in un viola intenso con cui avrebbe coperto il cielo e il mare, ma schiacciando forte il pennello sulla tela, per separarne le setole e lasciare lunghe strisce biancastre, sporcate appena di colore. Allora avrebbe aggiunto del rosso all'impasto, per schiarirlo in un viola meno forte, e lo avrebbe usato per sfumare quel cielo pesante e spesso, assottigliarlo e dilatarlo al centro e farlo scivolare lentamente in un rosso piú stinto, quasi un rosa. Poi avrebbe illuminato la pasta ormai rappresa con del giallo, mescolato con la punta del pennello là dove il rosso era rimasto piú intatto e ancora a grumi densi e grossi, e con quello avrebbe riempito le strisce lasciate indietro, le avrebbe trasformate in schegge di luce insanguinata a rischiarare il rosso e le avrebbe fatte riflettere piú brillanti e lucide sotto la linea invisibile che separa il viola del cielo da quello del mare. Lí, al centro, ma un po' spostato verso sinistra, avrebbe disegnato il cerchio giallo e netto della luna che nasce. Ma poi avrebbe spinto la punta del pennello nella pasta, dove c'era piú blu, e con quello avrebbe coperto la parte bassa del cielo

e la luna fino a lasciarne soltanto uno spicchio, una curva sottile e gialla che cerca di tagliare il viola per arrivare a riflettersi sul mare.

Per la Cajenna, invece, avrebbe dovuto usare il nero. Soltanto il nero per ritagliare su quello sfondo una scheggia di pietra obliqua e appuntita come un dente rotto.

Là dentro, a fissare inquieto il sorgere della luna sul mare, c'era Valenza.

Appoggiato con le braccia al davanzale della finestra del camerone, teneva gli occhi socchiusi per il riverbero dell'acqua e la bocca stretta per il vento. Il camerone in cui era rinchiuso per la notte assieme ad altri dieci confinati era una stanza dalle pareti di pietra nuda, lunga e stretta come una galleria. Per essere una prigione, l'edificio a tre piani in cui quella stanza si trovava inscatolata – assieme a una sopra e un'altra sotto – aveva un aspetto strano. Tutti i lati della palazzina, quelli lunghi e quelli stretti, compreso quello che dava sul mare, erano forati da finestre, una dietro l'altra, tanto che gli spazi vuoti, nel muro di pietra, sembravano piú di quelli pieni. Sulle finestre non c'erano vetri né inferriate o sbarre, ma solo vento, aria che entrava piú veloce o piú lenta, piú calda o piú fredda a seconda del momento della giornata, ma sempre. Cambiava soltanto la direzione ad ogni tipo di vento che smetteva all'improvviso di soffiare, sostituito da un altro che costringeva i confinati a variare l'inclinazione delle cose, perché il vento nuovo le prendesse di punta e non di petto e non le facesse volare via. Si erano abituati fin dal primo giorno ad ancorare tutto con i sassi, piramidi di sassolini raccolti fuori a schiacciare fogli e quaderni, marelle piatte sulle copertine dei libri e pietre rotonde dentro i cappelli appoggiati a terra, accanto alle brande una di fianco all'altra, con i materassi grezzi fasciati stretti dalle lenzuola, perché il vento non le scartocciasse dagli angoli. Piú che una prigione di pietra sembrava una prigione d'aria, aria cattiva che non restava sulla soglia come un guardiano ma entrava dentro a tormentare e infierire come un aguzzino.

Se fosse stato possibile fuggire, l'aria non sarebbe certo bastata a tenere dentro i confinati. Anche se i comuni del primo piano avessero saltato la finestra, o i politici del secondo e gli speciali del terzo si fossero calati fuori con le lenzuola, si sarebbero trovati su un terrapieno al centro di un piazzale polveroso chiuso da un muro di pietra lavica alto, nero e storto come la parete di una miniera di carbone. E anche se fossero riusciti a evitare la ronda della Milizia, magari in una notte senza luna, a sgusciare dietro alle palazzine dei fascisti, queste sí con vetri e inferriate alle finestre, a forzare il portone e a uscire, si sarebbero comunque trovati su un'isola, a un giorno di vapore da qualunque terra ferma, con alle spalle Mazzarino, i suoi militi e forse qualcuno di quei cani che si sentivano latrare dall'ultima palazzina incastrata nelle mura, nera, sempre chiusa, cani che abbaiavano la notte, rochi e furiosi e che nessuno aveva mai visto. Cosí i confinati restavano dentro, chiusi in una prigione d'aria e di mare, sempre gli stessi, perché appena qualcuno terminava la pena, qualche fortunato condannato a pochi mesi per oltraggio o vilipendio, arrivava Mazzarino con un telegramma che gliela prorogava ancora.

Il vento che soffiava quella sera era scirocco, cosí vischioso, pesante e caldo che solo ad aprire la bocca rubava il respiro. Entrava dalle finestre incendiato dai riflessi del cielo, come una lingua di fuoco sputata dalla gola di un drago. Tra poco il vento sarebbe cambiato, sarebbe diventato libeccio, avrebbe perso i colori del tramonto e avrebbe attraversato il camerone sempre veloce come una lingua di fuoco, ma fredda e nera.

Non era per quello che Valenza era inquieto. Poco prima aveva discusso della luna sorgente con l'anarchico Friedrich, ma solo perché si era avvicinato un altro confinato che conoscevano tutti come spia della Milizia. Appena se n'era andato avevano ripreso a discutere di Mussolini e del suo discorso alla Camera. Cadrà, aveva detto Valenza. Si è assunto la piena responsabilità di un omicidio e cosí ha dato l'occasione alle forze antifasciste di chiederne legalmente la testa. Il Re, per quanto canaglia, ha bisogno della legalità. Friedrich si era grattato le basette che gli scendevano fino al mento in una barba riccia e biforcuta. Nein. Valenza era un professore figlio di professori, era figlio unico e aveva vissuto nei quartieri alti della sua città fino al giorno dell'arresto e del confino. Lui era il sesto figlio di un ciabattino di Dresda e di una lavandaia, e aveva girato l'Europa lavorando come manovale e lottando per l'Idea. E allora? E allora non ci sono che i poveri per conoscere i ricchi meglio dei ricchi. I padroni sono padroni sempre e dovunque e non rischiano la stabilità politica per processare un delinquente. E il Re, proprio perché è una canaglia, non ha nessun bisogno di legalità.

Detto questo, Friedrich si era mosso dalla finestra per ripetere le sue parole e quelle di Valenza a un compagno comunista che aspettava seduto sulla branda. Per volere di Mazzarino le restrizioni riservate ai confinati valevano sia fuori che dentro la Cajenna, e quindi anche lí, nel camerone, piú di due uomini che si mettessero a parlare diventavano una riunione non autorizzata. L'unico modo per discutere tra molti era frazionare la conversazione e trasportarla fisicamente in ogni parte della stanza, aspettando che tornasse come attraverso un lungo telegrafo senza fili.

Appoggiato al davanzale della finestra, Valenza attese finché il compagno comunista non gli fu accanto, la spalla puntata contro la parete di pietra e le braccia conserte. Era un ragazzo giovane e magro, col collo bianchissimo perché fuori, sotto il sole, portava sempre un colletto inamidato fino al mento.

– Concordo con il compagno anarchico, – disse, – a cui ho detto la mia, che ti ripeto. Non solo Mussolini non se ne va, ma sarà lui a mettere fuori legge tutto il resto dell'opposizione. Non è soltanto il Re a essere una canaglia, è tutta questa Italia di industriali, impiegati, militari, avvocati e professori che si sta vendendo l'anima al Diavolo per un po' di stabilità politica e sociale. Cosa c'era sul giornale che ti hanno fatto leggere oggi?

– Un rimpasto del governo, sovversivi in manette e la pubblicità di un ricostituente. Ma il discorso di Mussolini alla Camera è troppo recente perché le forze sane...

– Vedrai domani. Leggine un altro... cinque lire di vino se è cambiato qualcosa.

– Intesi, domani mi sbronzo alla faccia tua, compagno.

Il comunista si allontanò dal muro per riportare la conversazione a un socialista che si era appena staccato dal tedesco e si copriva il volto col cappello, cercando di fumare contro vento. Valenza tornò al cielo fuori dalla finestra e lasciò che il vento gli ghiacciasse i denti, scoperti appena da un accenno di sorriso. Pensò *vedrai*, annuendo deciso, *vedrai*, ma non riuscí a pensare altro, perché una mano pesante come una zampa gli schiacciò la spalla e lo girò di forza. Mazzarino lo guardava con gli occhi stretti, le narici dilatate e curve, da cinghiale.

– Vossignoria favorisce di seguirci? – ringhiò cupo.
– Vorremmo scambiare due parole.

Quindici.

Non gli sembrava vero. Tornare a casa e non sentire le note saltellanti e stupide di quella canzone. Era un sollievo cosí forte che gli faceva male, qualcosa a cui andare con la mente come una buona notizia o un regalo prezioso, capace di riempire gli spazi tra i pensieri.
Mentre imboccava la stradina che portava alla siepe di casa sua, il commissario già si sentiva in colpa per aver fatto chiamare Valenza dal brigadiere, mettendo anche solo lontanamente in pericolo il suo trasferimento. E mentre pensava questo, già si sentiva in colpa per essersi sentito in colpa, dato che era suo dovere di funzionario dello Stato far luce su una faccenda poco chiara come la morte di Zecchino. Il fatto che il brigadiere non avesse trovato Valenza gli dava un po' di respiro, rimandando tutto al giorno dopo, e fu cosí che, oscillando tra il telegramma del Ministero dell'Interno e le scarpe della spia, il commissario aprí il cancello tra le due siepi e vide la moglie del federale in piedi davanti alla sua porta.
Sul momento non l'aveva riconosciuta, perché la lampada a petrolio della veranda non era accesa e la moglie del federale era di carnagione scura e nerissima di capelli. Ma poi aveva distinto subito le sue forme piene, le curve delle anche fasciate dalla sottana lunga fino alle caviglie e quella del seno, che premeva sotto la pettorina di trina bianca. Anche se vestiva come una signora, con i guanti e la gorgiera di pizzo stretta attorno al collo, la moglie del

federale sembrava sempre volgare e provocante come la maîtresse di un bordello di quarta categoria.

– Buona sera, commissario, – disse porgendogli la mano, e quando lui fu abbastanza vicino per chinarsi a baciargliela lei lo prese rapida per un braccio, costringendolo a fare mezzo giro verso il cancello.

– Mi accompagnate un po', vero? Sono appena stata a trovare la vostra signora e l'ho vista meglio, molto meglio... non sarà per la buona notizia? Complimenti, davvero complimenti...

Il commissario si irrigidí e lei si toccò le labbra con la punta delle dita.

– Oh, che scema... avevo giurato a vostra moglie che sarebbe stato un segreto. Capirete, tra donne... si parla, si chiacchiera e si finisce per confidarsi. Ma non è stata colpa sua... io mi diletto a fare le carte, avevo i miei tarocchi nella borsa e ho insistito per leggerli, e quando ho visto un viaggio imminente la vostra signora non ha resistito piú e si è tradita. È ancora molto debole e si stanca subito... sarà in grado di affrontare la traversata?

– Non è detto che partiamo, – disse il commissario, aprendo il cancello, – il trasferimento ancora non c'è.

– Partirete, commissario, voi partirete... – sussurrò la moglie del federale staccandosi dal suo braccio e lanciandogli uno sguardo obliquo. Aveva gli occhi lucidi e nerissimi, la moglie del federale, come i capelli, legati stretti in una crocchia che le lasciava scivolare un ricciolo sulla fronte, all'angolo di una delle sopracciglia marcate e scure.

– È mio marito quello che resterà sepolto qui finché non lo sposteranno dalla Casa del Fascio al cimitero. E io con lui.

Sollevò la gonna sulle caviglie, scoprendo un paio di stivaletti dal tacco alto, e velocissima allungò un piede, schiacciando una foglia verde e dura che era caduta dalla siepe. Socchiuse gli occhi allo scricchiolio, poi guardò il commissario e sorrise, stirando le labbra piene e scure quasi quanto i capelli.

– Lo facevo sempre quando ero a Firenze. C'è un viale bellissimo che in autunno perde le foglie e io da bambina lo attraversavo in lungo e in largo, schiacciandole tutte. Le strade di quest'isola sono troppo strette per essere dei viali... permettete?

Fece un passo avanti e schiacciò un'altra foglia, premendo forte con il piede, una mano aperta sul ginocchio per schiacciare piú a fondo.

– Credevo che foste stata a Taranto, a fare la maestra, – disse il commissario e lo sguardo lucido, malizioso, che la moglie del federale gli aveva appena lanciato diventò duro e opaco.

– Firenze, Taranto... che differenza fa? – disse e colpí il terreno con tanta violenza che una foglia le rimase attorno al tacco, aperta e immobile come una farfalla infilzata da uno spillo. Cercò di toglierla agitando lo stivaletto, poi si appoggiò al braccio del commissario, piegò la gamba e sfilò la foglia con l'altra mano.

– Che importa dove stavo prima? – disse. – A me interessa dove sono ora, su questo scoglio in mezzo al mare dove non c'è niente, non si fa niente e non arriva niente. Tutti vogliono andarsene da quest'isola ma non ci riesce mai nessuno... o quasi. Siete mai stato alla bottega del fotografo?

Aveva appoggiato il piede a terra ma non aveva tolto la mano dal braccio del commissario, che sentiva quelle dita rotonde stringere morbide attraverso la stoffa. Il pollice e l'indice che si muovevano appena, su e giú, piano. Gli occhi lucidi e neri che lo guardavano. Le labbra piene e sporgenti, scure come quelle di un'abissina.

– Si sta facendo tardi, – mormorò il commissario. Fece per ritirare il braccio ma lei non lo lasciò.

– Sulla porta della bottega del fotografo, – disse la moglie del federale, sussurrando, quasi fosse un segreto, – ci sono le fotografie di quelli che sono riusciti a lasciare l'isola negli ultimi anni. Sapete quante sono? – Lo soffiò tra le labbra: – Due. Il vecchio segretario e il commissario che c'era prima di voi. Tutti richiamati in continente, che è l'unico modo per andarsene perché qua sull'isola non si fa fortuna, e quando hai attraversato il mare come vivi se non hai un posto? Ma voi no, voi ce l'avete un posto, se vi hanno richiamato...

Stringeva forte adesso, la moglie del federale. Una stretta che gli fermava il sangue e gli ghiacciava la mano. Cercò ancora di sottrarsi, ma non ci sarebbe riuscito senza uno strattone deciso che non si decideva a dare.

– Sapete perché sono lí quelle fotografie? – disse lei e non era piú un sussurro, ma un sibilo. – Perché chi se le è fatte fare aveva cosí fretta di partire che non è piú andato a ritirarle. Tutto il paese che conta riunito in piazza, davanti alla chiesa o al municipio, tutti vestiti a festa come per un matrimonio, il fortunato in mezzo, che sorride... il fotografo ci mette un giorno a sviluppare le lastre ma quando sono pronte non c'è piú nessuno e allora finiscono sul muro, sotto il sole, a ingiallire. Quest'isola è una prigione, signor commissario, qui si sta chiusi e separati dal mondo come in una prigione e quando uno è prigioniero e gli si apre una porta sapete quello che fa? Scappa, di corsa e senza voltarsi indietro. Cosí farete voi, signor commissario, appena vi avranno fatto la fotografia.

– A me e a mia moglie, – disse il commissario. – Ci sarà anche lei, nella fotografia...

La stretta cambiò. Non si sciolse, restò forte e insistente ma si mosse, scivolò come una carezza esperta e decisa. Il pollice della moglie del federale si insinuò sotto al polsino della camicia del commissario, con l'unghia lunga che gli grattava la pelle.

– Sicuramente... a meno che voi non dobbiate partire all'improvviso e vostra moglie non sia ancora in grado di affrontare il viaggio. In quel caso partireste da solo... o no?

Chiuse le labbra su quel *no* e le riaprí appena, lasciando che sporgessero in avanti. Gli occhi, invece, li tenne ben aperti, neri e lucidi, fissi nei suoi.

– Si sta facendo davvero tardi, – disse il commissario. – Hana è da sola e non vorrei che avesse bisogno di me.

Passò un lampo veloce negli occhi della moglie del federale, un guizzo che le strinse le pupille, per un momento, con una luce torbida che copriva invece di schiarire. Sembrava paura. Ma ci restò pochissimo.

La donna lo lasciò, di colpo.

– Beata lei, – disse con rabbia, – che ha sposato un uomo che la porterà via di qui. Mio marito no, è di un'altra razza. Son quasi due anni che aspetta di passare a segretario e non ci riesce... lo sapete chi è il vero federale, qui? Quel cinghiale di Mazzarino. Mio marito fa tutto quello che vuole lui.

Di nuovo quel lampo, paura, mentre alzava la mano per stringere ancora il braccio del commissario, ma si fermava a mezz'aria.

– Non lo sottovalutate. Quell'uomo è una bestia ma è molto piú furbo di quanto sembra. E poi è matto.

E fece un altro passo avanti per schiacciare un'ultima foglia, girando il piede a destra e a sinistra, prima di andare via.

Sedici.

Quando camminava Mazzarino sentiva di non essere solo.

Lo faceva pestando forte i piedi come se marciasse, con le spalle larghe un po' curve in avanti e le braccia piegate, aperte sui fianchi, come se dovesse trattenere la spinta di una folla e al tempo stesso assecondarne la potenza. Quando camminava, il capomanipolo Mazzarino sentiva alle sue spalle il fiato di migliaia e migliaia di camicie nere, sentiva sulla schiena il frusciare delle frange argentate dei gagliardetti, percepiva con la coda dell'occhio il biancheggiare dei teschi e delle ossa ricamati sulla stoffa nera. Nei fianchi, a premerlo, aveva i manganelli e i manici dei pugnali degli squadristi, e nelle orecchie il rombo cadenzato della fanfara, le trombe, la grancassa e i tamburi e le suole degli stivali della Milizia. Quando camminava, il capomanipolo Mazzarino sapeva di non essere solo e lo faceva come se fosse alla testa di una colonna, deciso e massiccio come uno che sappia con certezza da dove viene e dove sta andando.

Prima no, prima di essere squadrista e poi camicia nera, vicecaposquadra, aiutante e capomanipolo, non lo sapeva. Era nato in un posto in cui non si veniva e non si andava da nessuna parte. Un monte in mezzo agli Appennini, un podere sconnesso, scavato in un bosco di alberi neri che l'altitudine faceva nascere corti e tarchiati, come lui e i suoi sedici fratelli. A parte la sorella piú anziana, rimasta a casa ad aiutare la madre, le donne erano forse le uniche che andavano da qualche parte, perché compiuti i tredici anni il padre le mandava a servizio nei paesi piú bassi o in città. I maschi, invece, restavano lí, a spaccare una terra che non dava niente, ad allevare pecore irsute come capre, a raccogliere castagne, catturare muli selvatici e cacciare cinghiali. Cosí era Mazzarino e cosí erano tutti i suoi fratelli e le sorelle, la mascella sempre un po' sporta in avanti, a respirare sibilando tra i denti e grugnire mezze parole ruvide e strette, in dialetto montanaro, il naso schiacciato sulle labbra, con le narici larghe, ad annusare l'aria come i cinghiali, tarchiati, irsuti e neri come loro.

In paese li prendevano in giro, dicevano che erano ignoranti, duri e rustici come i muli selvatici che vivevano nei boschi, e loro in paese non ci andavano. Nel podere in cima al monte Mazzarino crebbe a carne di pecora, ricotta e farina di castagne, alto fino a quanto glielo consentí la sua razza, le gambe, le spalle e gli avambracci ingrossati sulle salite dei sentieri che si arrampicavano tra i boschi, a spaccare pezzi di legna duri come pietre.

Proprio in cima al monte dove portava le pecore a pascolare c'era un lago. Era uno specchio d'acqua minuscolo ma tanto limpido da riflettere il cielo che lassú, senza nient'altro sopra, sembrava vicinissimo. Quando il cielo era pulito, senza una nuvola o un velo di foschia, l'acqua del lago era blu e si riusciva a vedere lontano, fino al mare, che era blu come quel cielo e quel lago.

Era quello il momento che Mazzarino odiava di piú. Perché vedeva quell'orizzonte infinito, quella riga azzurra che gli avevano detto essere una distesa d'acqua grandissima, cosí grande che non poteva neanche immaginarsela, e invece lí, su quel monte, sotto i piedi, lui aveva soltanto uno sputo d'acqua, piccolo e finito, come una presa in giro che faceva sembrare il mare ancora piú lontano.

Non è che vivere sul monte non gli piacesse. L'odore del muschio, quello forte della resina che sembrava spaccare la corteccia degli alberi come una ferita, quello pungente delle pecore, quello selvatico dei cinghiali, lo ubriacavano peggio del vino e gli facevano venir voglia di urlare quando era da solo nei boschi, urlare a gola piena, come un lupo. E poi succedevano cose, sul monte. Vedeva cose.

Una volta, accanto al lago, trovò un mulo selvatico. Stava morendo e aveva cercato di trascinarsi fino all'acqua senza arrivarci. Aveva il ventre squarciato dalle zanne di un cinghiale, aperto dall'inguine allo sterno, e dentro si vedevano le viscere insanguinate che tremavano al ritmo veloce del suo respiro. A chinarsi a terra, con le mani sull'erba appiccicosa e umida di sangue rappreso, si poteva vedere anche il cuore che pulsava, affannato, e Mazzarino lo fece e rimase a osservarlo finché non lo vide smettere di battere, all'improvviso. Avrebbe dovuto trascinare via la carcassa e invece la lasciò lí e ogni giorno saliva fino al lago per andarla a guardare, per vederla gonfiarsi, livida e coperta di mosche ronzanti, e poi spaccarsi brulicante di larve e sciogliersi e seccarsi. Anche se l'odore era diventato cosí forte da costringerlo a schiacciarsi le mani sul naso, continuava ad andarci, a fissare gli occhi del mulo che si trasformavano lentamente in due buchi liquidi e scuri, i denti che fiorivano giallastri sulla pelle grigia del muso, le narici sempre piú sottili, che si ritiravano in una cavità sempre piú profonda, nera e scheggiata d'osso.

E poi c'erano le vipere. Strisciavano tra le foglie o pendevano dagli alberi, e quando ebbe imparato come evitarle Mazzarino scoprí che si potevano cacciare. Bastava diventare piú furbi e piú veloci di loro, era sufficiente arrivargli alle spalle, quando dormivano, farle alzare con un rumore qualsiasi, scattare in avanti con il braccio teso, afferrargli la testa e schiacciargliela con un sasso.

Sarebbe rimasto tutta la vita sul monte a cacciare vipere e cinghiali, pascolare pecore e catturare muli, come suo nonno, suo padre e i suoi fratelli, odiando il lago e il cielo che gli facevano capire, anche senza saperlo, che il mare era lontano e che allo stesso tempo uno come lui, che non veniva e non andava da nessuna parte, non avrebbe potuto stare che su un monte come quello. Ci sarebbe rimasto tutta la vita se non fosse arrivato qualcosa a portarlo via. La guerra.

Nero com'era, scuro di pelle, di occhi e di capelli, attraversava il Piave attaccato a un'asse di legno, perché non sapeva nuotare, e teneva un sacco di granate legato sulla schiena. Arrivato sulla riva opposta, scivolava alle spalle dei soldati austriaci di sentinella, faceva in modo che si voltassero verso di lui e come con le vipere stendeva rapido il braccio e gli piantava il pugnale nella bocca, prima che potessero urlare. Poi lanciava le granate nelle trincee e tornava indietro, aggrappato all'asse, con la faccia premuta sul legno bagnato per resistere alla tentazione di alzare la testa e urlare a gola piena come un lupo. Lo fece per tre anni e quando finí la guerra si congedò come sergente maggiore degli Arditi. Sarebbe tornato sul monte, alle vipere, ai muli e ai cinghiali, se non fosse arrivato qualcos'altro a portarselo via per sempre. I fascisti.

Ad attirarlo fu il teschio che vide sul gagliardetto di una squadraccia mentre aspettava la tradotta alla stazione di Firenze. Lo avevano disegnato male e lo avevano attaccato alla stoffa cosí storto che piú che il teschio di un uomo sembrava quello di un animale, di un mulo. Perse il treno per guardarlo e dopo un po' uno dei fascisti che prima gli aveva lanciato un fischio, facendogli cenno di smammare, si avvicinò e cominciò a girargli attorno, incuriosito. Mazzarino lo lasciò fare, si lasciò toccare sulle spalle, tastare gli avambracci, e lo lasciò anche ridere dopo che aveva sporto la mascella e allargato le narici in un grugnito imitandolo. E quando il fascista tornò dai suoi, fermandosi a metà strada per fargli un cenno con la testa, Mazzarino lo seguí.

Fece l'amore con una donna per la prima volta una notte che i fascisti lo portarono al bordello dell'Armida: tutti attorno al letto a fischiare e battergli le mani mentre lei urlava che smettesse perché le faceva male. Spaccò la prima testa a un socialista con la mazza nuda di un piccone, durante un assalto alla Camera del lavoro, e uccise il primo uomo in un agguato fuori da un'osteria, lanciandosi contro due anarchici a testa bassa come un cinghiale e aprendone uno con un colpo solo di coltello. Era il primo, dissero i fascisti alzando i bicchieri dall'Armida, perché quelli uccisi in guerra non contano, quello è per dovere. E fu sempre dall'Armida e coi fascisti che imparò a sillabare e leggere le lettere sulla carta per la prima volta, imparò a memoria tutte le canzoni, *Giovinezza*, *All'armi* e *O tu santo Manganello*, imparò tutti i discorsi del Duce, tutte le citazioni e tutto il manuale delle camicie nere, e quando fu il momento passò l'esame e diventò capomanipolo, che nella Milizia equivaleva al grado di tenente.

Ma a tutto questo e ad altro ancora Mazzarino non pensava mentre spariva assieme a Valenza, inghiottito dal fondo di un corridoio buio della Cajenna. Mentre avanzava sapendo di non essere solo, massiccio e curvo in avanti come la prima volta che era stato alla testa di una colonna e certo di sapere dove stava andando, non pensava a niente di tutto questo.

Pensava alla prima volta che era arrivato sull'isola e aveva visto il mare.

Il terzo giorno

Diciassette.

Il commissario batté la punta delle dita sul giornale che aveva sulla scrivania, senza guardarlo, poi fece scorrere il pollice lungo la catena che finiva nella tasca del panciotto, tirò fuori l'orologio e ci lasciò cadere una rapida occhiata.

Strano che Valenza non si sia ancora visto, pensò tornando a battere le dita sul giornale, proprio sulla fotografia di Mussolini. Sua Eccellenza il Capo del Fascismo era tagliato in due dalla curva del giornale, piegato in lungo in una striscia stretta e spessa come un manganello. Da quella mezza fotografia faceva sporgere un braccio puntato su un fianco, una gamba allargata di traverso e mezza faccia, con un solo occhio spalancato e sgranato dalla pasta della riproduzione tipografica. Alle sue spalle, piantata nel muro poco sopra la sua testa, il commissario ne aveva un'altra di fotografia di Mussolini, un ritratto a mezzo busto in cui Sua Eccellenza il Cavaliere Primo Ministro e Capo del Governo era vestito in frac, di tre quarti e con un'espressione spaventata, quasi fosse stato sorpreso nell'atto di fare qualcosa di sconveniente. Era una vecchia fotografia, appesa in fretta dal suo predecessore e lí rimasta, nonostante il federale gliene avesse portata una con Sua Eccellenza il Duce in primo piano e di profilo, elmetto in testa e sguardo fermo e fiero, finita in un cassetto per semplice dimenticanza. C'era anche il Re, alle spalle del commissario, e piú sopra, non tanto ma abbastanza, un crocifisso di legno nero con un Cristo di gesso verniciato, screpolato dal tempo. Sulla scrivania, invece, una foto di sua moglie,

Hana quando stava bene, rossa e sorridente come una Madonna preraffaellita.

Il commissario mise da parte il giornale per fare spazio sul piano di pelle della scrivania, dove il brigadiere appoggiò le carte per la firma. C'erano i soliti mattinali, sempre uguali, *nella notte addí precedente non si è verificato nulla di*. Le solite richieste di autorizzazione per le operazioni di imbarco e sbarco della lancia. E questa volta, anche la necroscopia su Zecchino, quattro righe scritte a mano, piú una quinta con la firma del dottore e una sesta con *per presa visione il commissario*.

Senso di colpa. Il commissario firmò tutte le carte meno quella. La mise da parte, sul giornale, pensando che Zecchino avrebbe potuto aspettare ancora un po', nella ghiacciaia, assieme a Miranda e ai pesci congelati. Poi riuní le altre carte in un mazzo e fece per porgerle, ma non allungò la mano, lasciando il brigadiere fermo davanti alla scrivania, col braccio a mezz'aria.

– Tu da quant'è che sei in polizia? – chiese.

Il brigadiere ritirò il braccio e si strinse nelle spalle.

– Fanno diciassette anni a marzo, Eccellenza.

– Pensi di essere un buon poliziotto?

– Eccellenza, sí... nei limiti delle mie capacità.

– Che ne dici di questo? – e lasciò cadere la mano di lato, picchiando le dita sulla necroscopia e sul giornale.

– Di sua Eccellenza il Duce, signor commissario? – disse il brigadiere, spalancando gli occhi. Fece anche mezzo passo indietro, spaventato.

– Ma no, cos'hai capito... di questa cosa qua. Della morte di Zecchino.

Il brigadiere tornò ad avvicinarsi. Tirò indietro il berretto sulla fronte e strinse le labbra sotto i baffi. Era il suo modo di sorridere, premere le labbra in una smorfia invece di allargarle.

– Io dico che il dottore ha studiato e ha la laurea e quindi non dovrei parlare io che sono un ignorante. Però, di solito, se una lingua si tronca come ha detto lui, dovrebbe cadere fuori invece che dentro.

Il commissario annuí. – Giusto, – disse. – Mettiamo che le cose siano andate diversamente. Mettiamo che non sia morto d'incidente, Zecchino.

– Mettiamo cosí, Eccellenza.

– Mettiamo che lo abbiano ammazzato.

– Mettiamo pure.

– Bravo... Secondo te perché si ammazza un uomo come Zecchino?

– Perché si ammazza una spia, Eccellenza? – Il brigadiere appoggiò le mani sulla scrivania del commissario e si chinò in avanti, le labbra sempre strette. Puzzava di aglio e di sudore, il brigadiere, e di divisa vecchia, di stoffa lisa da Questura. – Perché ha parlato troppo, – disse. – Di solito è di questo che muoiono le spie.

Il commissario annuí ancora. Allungò il braccio e porse finalmente i fogli al brigadiere, che esitò a prenderli ma poi lo fece, salutando con una mano alla visiera prima di uscire.

Zecchino quella sera, pensò il commissario, alzando le gambe sull'angolo della scrivania e piegandosi all'indietro sulla sedia, fino a sfiorare il Re e Sua Eccellenza il Duce. Zecchino che lo incontra, quella sera, e dice troppo. Zecchino che si lascia sfuggire qualcosa di importante, quella sera, che gli costa la vita. Zecchino che scappa dopo aver parlato, per incontrare una persona per cui mettersi le scarpe.

Zecchino quella sera.

Cosa gli aveva detto Zecchino, quella sera? L'unica cosa che ricordava con chiarezza era la scommessa di Mazzarino su sua moglie. Era una cosa che gli faceva stringere i denti e cercò di strapparsela da dentro chiudendo gli occhi e scuotendo la testa con violenza.

Va bene, e poi?

Allacciò le dita dietro la nuca, dondolandosi ancora sulla sedia, e fissò la libreria che aveva davanti, le costole dei testi di Diritto e Procedura e la pendola incastrata per lungo in uno spazio tra gli scaffali. Zecchino aveva detto che Miranda era stato con la moglie del federale. Se la vide, per un momento, la maestrina di Taranto piena e nuda come una maîtresse, a sorridere maliziosa e schiacciare foglie con gli stivaletti.

Bene. E poi?

La figlia del farmacista. Un ribelle anarchico e violento, capace di uccidere per vendicare un torto. Ma Zecchino non si sarebbe messo le scarpe per il farmacista. Forse per il federale, che però non sarebbe stato in grado di uccidere nessuno. O si sbagliava?

Non era un poliziotto. Non era un mestiere che sapesse fare. Arrestare gli squadristi di Comacchio era stato facile: c'erano dei testimoni che li avevano visti e denunciati, lui era andato a prenderli e li aveva sbattuti dentro, tutto lí. Ma adesso, a parte mettere in fila dubbi e rilevare conti che non tornavano, non sapeva che altro fare. Formulava domande senza risposta, come un filosofo.

Prese la necroscopia, la piegò e la infilò nel taschino del panciotto. Poi si mise la giacca che tolse da un attaccapanni, infilò il giornale in una tasca e uscí dall'ufficio.

Ci voleva Valenza. E dal momento che ad ogni confinato era fatto obbligo di darsi a stabile lavoro e Valenza aveva risolto la cosa prestando due ore di assistenza alla levatrice ogni mattina, fu là che decise di cercarlo.

Diciotto.

La sabbia era fredda ma ogni volta che arrivava un'onda diventava piú calda e piú nera e quando l'acqua si ritirava gliela risucchiava rapida da sotto le piante dei piedi e tra le dita, facendola affondare un po'. Si era rimboccata i calzoni sopra le caviglie, fin quasi ai polpacci, in due ciambelle larghe e pesanti, perché erano calzoni da uomo, addirittura col risvolto. Anche la camicia era da uomo, ma quella aveva potuto adattarsela addosso, legandola sulla pancia con un nodo stretto e arrotolandola sulle braccia fino ai gomiti. E poi, il proprietario di quella camicia non era molto grosso. Lei, però, era piú alta.

Camminava lungo la spiaggia, sul filo dell'acqua, e dall'espressione del viso, un po' curiosa e divertita, sembrava che sentisse tutto per la prima volta. Le onde tiepide sulle caviglie, le alghe ruvide e morte sotto ai piedi, la sabbia, perfino il vento che le sollevava i capelli, e il sole, caldo sulla fronte e sulle palpebre socchiuse. Quando arrivava all'altezza della baracca sulla riva, girava sulle punte come una ballerina e tornava indietro per un po'. A un tratto le venne una voglia improvvisa di togliersi tutto, strapparsi di dosso la camicia e i calzoni e tuffarsi nell'acqua. Lo aveva già fatto altre volte, ma non lí e non cosí. E poi, al sole sul mare preferiva la luna.

Quando lo vide arrivare si fermò e alzò una mano a ripararsi gli occhi. Un'onda piú forte le bagnò il risvolto dei calzoni.

Lui sembrò non averla neppure vista. Passò oltre, piú

indietro sulla spiaggia, arrancando sulla sabbia un po' curvo in avanti, la giacca agganciata a un dito, su una spalla, e il colletto slacciato sotto la cravatta. Poi si fermò, come se lo sguardo fisso di lei lo avesse toccato sulla nuca, costringendolo a voltarsi.

– Perdonatemi, – disse, infilandosi in fretta la giacca, – non vi avevo visto bene. Cosí vestita vi ho scambiato per un pescatore.

Lei non disse nulla. Tese la mano e lo guardò avvicinarsi, studiando divertita la sua espressione dubbiosa.

– Perdonatemi ancora, – disse lui, – è una cosa stupida da dirsi in un'isola cosí piccola, ma ho l'impressione di avervi già visto e di non sapere chi siate.

– Mi avete visto la sera scorsa, ma siete giustificato. Ero lontana, nella Grotta del Diavolo. Sono la moglie dell'inglese.

Sorrise quando lui chinò il volto sul dorso della sua mano, e anche se era rimasto cosí lontano da non sfiorarla neppure con il fiato, lei socchiuse gli occhi come se le avesse toccato la pelle con le labbra e quella fosse stata la prima volta che qualcuno lo faceva.

– Io invece so chi siete voi. Siete il commissario dell'isola.

– Siete piú brava di me, – disse il commissario, saltando indietro per evitare la punta schiumosa di un'onda. Nel farlo aveva abbassato lo sguardo e aveva visto per un momento sotto alla camicia di lei una sottile striscia di pelle chiara scavata appena dall'ombra piú scura dell'ombelico. Allora aveva alzato lo sguardo a osservarla meglio, quella donna lunga, slavata e magra, dal volto affilato e dal naso ricurvo, la bocca grande e i capelli arruffati. E piú la guardava, piú i lineamenti e le forme si precisavano, e non era lunga e magra, ma alta e snella, e il volto non era affilato, ma un ovale addolcito dagli zigomi alti e dal taglio degli occhi leggermente obliquo. E il naso non era ricurvo, non soltanto ricurvo, ma proporzionato e forte e armonico in quel viso, come la bocca, che non era grande, ma aveva labbra marcate. I capelli non erano arruffati, ma ricci, mossi da onde brevi e veloci che le arrivavano alle spalle. E lei non era slavata, ma chiarissima di pelle, velata appena da una pioggia fitta di lentiggini. Quel particolare gli ricordò sua moglie e distolse subito lo sguardo, vergognandosi di quello strano sentimento che aveva provato all'improvviso, un turbamento forte, molto vicino al desiderio.

– Se permettete, – disse, – sono qui perché sto cercando una persona.

– Lasciatemi indovinare, la levatrice?

– Come fate a saperlo?

– Perché anch'io sono qui per lei... O meglio per vedere il bambino che è nato. È nella baracca, ad assistere una paziente.

Il commissario annuí, voleva dire «lo so» ma non lo fece e le voltò le spalle, affondando nella sabbia.

– Io non posso avere figli, sapete, – disse la moglie dell'inglese e il commissario pensò che una confessione cosí impegnativa richiedeva subito una risposta di circostanza.

– Mi dispiace, – disse, voltandosi solo di tre quarti.

– A me non importa, è nella mia natura. Voi avete figli, signor commissario?

– No, io no.

– Ma siete sposato, vero?

– Sí ma non... non sono venuti. Non ancora, almeno.

– Amate vostra moglie?

Il commissario notò solo in quel momento un abbassamento della voce, un ricciolo appena accennato nella cadenza delle frasi, che avrebbe potuto anche essere un accento straniero. Pensò *forse è inglese* e poi, contemporaneamente, *ecco perché è cosí eccentrica* ed *ecco perché lo chiamano l'inglese*.

– Ma certo, – rispose.

Distratto, non sentí la domanda successiva e poiché disse: – Prego? – si trovò obbligato a rispondere.

– La cosa che piú mi ha colpito di mia moglie sono stati gli occhi e una ruga che le viene alle labbra quando sorride –. *E le lentiggini sulle ginocchia,* pensò, ma non lo disse. – Adesso, però, devo proprio...

La levatrice era appena uscita dalla baracca, con uno straccio stretto tra le mani bagnate e sporche, e si bloccò sulla soglia appena vide il commissario che si girava a guardarla. Con un calcio, chiuse la porta alle sue spalle.

– Cercate me? – chiese, preoccupata.

– Cerco il professor Valenza, – disse il commissario. – È lí con voi?

– No, questa mattina non l'ho visto. Chi vi ha detto che ero qui?

– Vostro nipote. Perché, era un segreto? Non è un reato aiutare i bambini a venire al mondo –. Stava per dire «non ancora» ma si trattenne. La novità di quell'astuzia politica che non gli era solita, la sabbia che gli era entrata nelle scarpe, ma soprattutto la presenza della moglie dell'inglese, che aveva sentito uscire dall'acqua e avvicinarsi alle sue spalle, lo stavano distraendo. C'era qualcosa di strano nell'espressione preoccupata e nei modi furtivi della levatrice, ma non riusciva a pensarci. La moglie dell'inglese odorava di sole, glielo portava il vento quell'odore ardente e lieve.

– Sarà ancora alla Cajenna, – disse la levatrice. – Avrà combinato un guaio e gli avranno tolto il permesso di uscire.

La sentí muoversi dietro di lui, frusciare nei calzoni ruvidi da uomo. L'odore di sole arrivò piú forte nel vento, velato dalla stoffa umida di sudore della camicia bianca. Un sudore caldo e un po' salato, come acqua che bolle. Il commissario notò un riflesso dietro la finestra della baracca, e per un attimo quel riflesso gli sembrò assumere i contorni della figura del farmacista.

– Vi farei entrare, – stava dicendo la levatrice, – ma è stato un parto difficile e ho paura della setticemia.

Quello sguardo preoccupato. Il farmacista. Forse fu per quel «non ancora» che lo aveva suggestionato, ma alla mente del commissario si affacciò rapida l'idea che con quella baracca c'entrasse la politica. Non aveva nessuna voglia di scoprire niente del genere e aggiungere altri sensi di colpa a quelli che già aveva. Cosí disse: – Se lo vedete, diteglie che lo cerco, – si inchinò alle due donne e si allontanò affondando i passi nella sabbia.

Stava quasi uscendo dalla spiaggia quando il vento gli portò un'ultima punta dell'odore ardente della moglie dell'inglese.

Diciannove.

C'era un altro luogo in cui avrebbe potuto chiedere notizie di Valenza, a parte la Cajenna, ed era la chiesa. Non che Valenza fosse in qualche modo religioso, anzi, era repubblicano, convinto anticlericale, e nella scheda segnaletica era scritto con chiarezza che si professava *ateo razionalista*. Ma il giorno prima, davanti alla farmacia, gli aveva detto che non sarebbe stata una cattiva idea sentire l'arciprete, e forse c'era andato da solo, di sua iniziativa.

Il commissario si tolse di nuovo la giacca, se la buttò su una spalla e resistendo alla voglia di togliersi anche le scarpe per svuotarle della sabbia che ci era entrata dentro sulla spiaggia, imboccò il sentiero che saliva fino alla scogliera.

La chiesa era una piccola chiesetta normanna, ruvida e squadrata come una torre. Si alzava in cima a una salita cosí ripida da troncare il fiato, in fondo a un sentiero sconnesso, bucato e macchiato da rovi e schegge di sasso che avrebbero tagliato le gambe a chiunque l'avesse fatto di corsa. Un posto ideale per una fortezza, piú che per una chiesa.

Le finestre sembravano feritoie, non alte, perché la chiesa era bassa e il tetto arrivava subito, ma lunghe e strette. Sotto una delle finestre c'era un quadrato a forma di scacchiera con cinque parole di cinque lettere, una lettera per ogni scacco, *sator* la parola piú in alto e *rotas* l'ultima, disposte in modo che la lettura risultasse identica da qualunque punto avesse inizio. Sotto un'altra finestra, invece, scavata nella pietra, c'era una madonnina nera.

Solo la porta non ricordava una fortezza. Era un portone di legno, piatto e scheggiato, a cui si arrivava dopo uno scalino. Sembrava in equilibrio sui cardini e appena accostato al battente. Il commissario ci appoggiò una mano e spinse piano, per paura che gli cadesse addosso. Poi fece per entrare, ma si bloccò sulla soglia.

La chiesa era vuota, a parte l'ombra di un crocifisso che si indovinava in fondo alla stanza, dove la luce non riusciva ad arrivare.

Quello che la riempiva era una serie infinita di ragnatele sottilissime, ma cosí fitte da occupare tutto lo spazio, impedendo di entrare. Non essendoci nulla a cui potersi attaccare, oltre al pavimento e alle pareti, le ragnatele poggiavano le une sulle altre, leggerissime, tendevano i fili impalpabili in tutte le direzioni, in alto fino al soffitto e in fondo fino al crocifisso. La polvere che entrava dalle feritoie, una polvere biancastra di sabbia e di gesso portata dentro da un vento debole che pareva sfiatato anche lui dalla salita, si era depositata sulle ragnatele senza romperle e aveva ridisegnato linee oblique, quadrati e rombi concentrici, che cosí bianchi e marcati sembravano cristalli di ghiaccio. L'impressione che dava la navata della chiesa era proprio quella di essere pietrificata in un'immobile ragnatela di ghiaccio dalle infinite inclinazioni. Un momento dopo, però, l'impressione cambiava, perché l'aria che entrava dal portone in aggiunta a quella delle feritoie cominciava a muovere le ragnatele, a spingere sui cristalli di polvere, a tendere e rilasciare i rombi di ghiaccio, che cosí sembravano pulsare come se sotto ci fosse qualcosa che avesse cominciato a respirare, ad ansimare e a scuotersi.

– Si vede che non ci venite mai quassú.

Istintivamente il commissario chiuse il portone. Fece uno sforzo per non saltare dallo spavento perché si era accorto che accanto a lui c'era Martina e si sarebbe sentito in imbarazzo a perdere il controllo davanti alla sua servetta.

– No, infatti, – disse. Era vero. A parte le cerimonie religiose a cui doveva partecipare come autorità, che coincidevano sempre con processioni all'aperto, da quando era arrivato sull'isola non era mai andato a messa o a fare visita all'arciprete. Non era molto religioso neppure lui. Suo padre non glielo aveva insegnato.

– Se l'Eccellenza vostra fosse uno che va in chiesa saprebbe che l'arciprete tiene le visite e le messe nella cappellina che c'è in paese.

– E tu cosa ci fai qui? Perché non sei a casa?

Martina si strinse nelle spalle ossute. – La signora del federale è venuta a trovare la signora di Vossignoria. Dice che non c'è bisogno di me e mi ha mandata a fare un giro. A volte io vengo qui a vedere la madonnina nera –. Si alzò sulle punte dei piedi e allungò un braccio, facendo battere le dita di una mano sotto il bassorilievo, senza riuscire a toccarlo. Scese sui talloni e si strinse ancora nelle spalle. Poi si sedette sullo scalino, appoggiò il mento sulle ginocchia e fece scorrere un dito sudicio nella polvere bianca che copriva la pietra.

– Avete fatto anche voi come quel dottore prigioniero, – disse.

– Chi? – chiese il commissario e dovette ripeterlo, perché Martina si era distratta già a metà della sua stessa frase, attenta allo scricchiolare della polvere sotto il polpastrello. – Chi? Valenza? Quello magro, con il colletto duro e la cravatta senza nodo, che sorride sempre?

Martina annuí. Piegò la schiena all'indietro, appoggiandosi sui gomiti, e allargò le gambe, facendo dondolare le ginocchia. Guardò il commissario senza nessuna malizia, ma lui dovette abbassare gli occhi e scivolare lontano con lo sguardo.

– E quando lo hai visto? Dov'è andato?

– L'ho visto ieri. Dov'è andato dopo non lo so.

Aveva detto le ultime parole in un sussurro, di nuovo distratta da qualcosa. Il commissario non la trattenne. Del giorno prima non gli importava. Valenza lo cercava in quel momento.

– Eccellenza, lo sapete che qui c'è un lupo? In questi ultimi due anni l'ho sentito ululare quattro volte.

– Era il vento. Non ci sono lupi sull'isola.

Gli era venuto in mente qualcosa. Pensare a dove fosse finito Valenza gli aveva fatto ricordare un dettaglio che non riusciva a definire. Un pensiero vago e fastidioso, come la sabbia nelle scarpe.

– Eccellenza, lo sapete che quella lí è una scritta magica? E che questa chiesa l'hanno fatta dei cavalieri molto antichi... lo sapete come si chiamano?

– No.

Non c'entrava Valenza, era qualcosa o qualcuno che aveva visto e gli aveva fatto tornare in mente quel pensiero. Chi? Il brigadiere? Zecchino... Cosa aveva detto il brigadiere di Zecchino?

– Eccellenza, voi lo sapete ma non me lo volete dire. Neanche la signora del federale me l'ha detto quando l'ho incontrata qui assieme a quel fascista che è morto.

La moglie dell'inglese, c'entrava la moglie dell'inglese che... Il commissario si bloccò. Zecchino, Valenza e la moglie dell'inglese si ghiacciarono sotto le ragnatele.

– Cos'hai detto? Con chi l'hai vista la signora del federale?

– Eccellenza, me lo fate un favore?

Martina aveva sollevato il mento e guardava la madonnina scolpita nella pietra. Il commissario si avvicinò, incurante delle gambe aperte di Martina e del grembiule che le si era alzato molto sopra le ginocchia.

– Martina, senti...

– L'Eccellenza vostra me la farebbe una cortesia? Mi fate toccare la madonnina?

– Martina, per favore...

Martina si alzò con uno scatto, prese il commissario per

una manica della camicia e lo avvicinò al muro. Si appoggiò a lui, alzandosi sulle punte.

– Era quel fascista che hanno trovato nel burrone qui vicino. Tiratemi su, Eccellenza, per cortesia.

La prese per i fianchi con le mani e cercò di alzarla, ma anche se era magra e leggera non ci riuscí. Allora le strinse le braccia attorno alle gambe, sotto al sedere, e la sollevò di peso. Gli venne in mente che non l'aveva mai toccata, forse presa per un braccio per scuoterla quando aveva combinato qualche guaio, ma mai toccata per davvero. Pensò che era una servetta di tredici anni, magra, sudicia e scalza, e se lo ripeté quando Martina alzò un braccio per sfiorare la madonnina con le dita, *tredici anni, sudicia e selvatica*, perché nel farlo, nell'allungarsi cosí, la stoffa del grembiule le era scivolata via da sotto le natiche, che adesso appoggiavano nude sulla sua spalla.

– Ma non è che li ho visti proprio assieme... prima ho visto lui che girava da queste parti e poi ho visto lei.

– Quando?

Martina staccò le natiche dalla camicia del commissario per allungarsi ancora e toccare col palmo della mano il volto nero della madonnina. Lo abbrancò, coprendolo tutto, lo strinse e lo scosse anche, come se volesse staccarlo. Poi ricadde sulla spalla del commissario, facendolo vacillare.

– Il giorno che l'hanno trovato morto. Di mattina, molto presto. Ma con lui non ci ho parlato.

Si aggrappò con la mano al colletto della camicia del commissario, dietro la nuca, per sollevarsi ancora, ma di poco. Si lasciò scivolare contro di lui e scese a terra, tendendo le gambe per toccare con le punte dei piedi. Si aggiustò il grembiule tirandolo dal bordo e lisciandolo sui fianchi.

– Non mi piaceva parlare con quello... sono contenta che sia morto.

Il commissario si passò una mano sulla spalla, come per

togliere dalla stoffa della camicia l'odore che Martina gli aveva lasciato, ruvido e appena un po' dolce. Aveva tre pensieri che gli si intrecciavano in testa, uno piú forte, la moglie del federale con Miranda che. Un altro piú stupido, che se qualcuno li avesse visti in quel momento a sistemarsi cosí. E l'altro, fastidioso e indistinto. Fu solo per sentire la propria voce, per togliere con qualche parola a caso il tappo ai suoi pensieri, tirarli fuori e metterli in fila, che disse quello che disse.

– Perché, lo conoscevi già?

– Sí, – disse Martina. – L'ho visto attorno a casa vostra, in cortile. Quando Vossignoria non c'era.

Venti.

Per non stringere le mani fino a farsi sbiancare le nocche per qualcosa che poteva essere solo una coincidenza, il commissario cercò di concentrarsi su un altro pensiero. Ma tutto gli riportava alla mente Hana e gli faceva risuonare quelle parole, «Ti do il doppio se ti fai la moglie di quella carogna», anche se lontane, lontanissime. Cosí si fissò su quella sabbia che gli girava nelle scarpe e nel cervello. Il brigadiere, Zecchino e la moglie dell'inglese. L'inglese andava ogni giorno all'ufficio postale a fare un telegramma, e una volta c'era andato assieme a una bella donna. L'incontro con la moglie dell'inglese gli aveva fatto tornare in mente anche questo dettaglio.

Sul sentiero, si mise la giacca e camminò in fretta fino al Molo Vecchio.

Il Molo Vecchio era una costruzione di appena un paio di anni prima voluta dal federale per onorare una ricorrenza come il compleanno del Duce o qualcosa del genere. Era stato costruito in metallo, con un faro sulla cima, e archi e tiranti progettati da un architetto venuto apposta dal continente, ma non l'aveva mai usato nessuno perché era troppo alto e troppo stretto. Soprattutto, era troppo lungo, e quando c'era la nebbia spariva da metà in poi, come un ago di siringa infilato in un batuffolo di cotone. Cosí i pescatori l'avevano abbandonato dopo un paio di giorni per tornare ai vecchi moli di legno e di pietra, che erano diventati i moli nuovi, mentre quello nuovo, già dimenticato, era diventato vecchio.

L'unica cosa ancora in funzione sul Molo Vecchio era il telegrafo. L'ufficiale postale aveva fatto spostare lí i suoi uffici nonostante il parere contrario del capitano del vapore, che non poteva attraccare al molo con la lancia per scaricare la posta. Nebbia o non nebbia, per l'ufficiale quello era il luogo piú adatto per l'antenna del suo telegrafo, cosí aveva fatto togliere la lampada del faro, mai entrato in funzione, e l'aveva sostituita con le sue macchine trasmittenti. I sacchi della posta potevano benissimo essere scaricati sui moli nuovi e trasportati fino a quello vecchio con un carretto, per sparire nella nebbia e uscirne il giorno dopo, con altre ventiquattro ore di ritardo. A parte i giornali e la posta del commissario, che venivano presi direttamente dal brigadiere.

Stando attento a non scivolare sul metallo bagnato, il commissario si infilò nella nebbia bianca e umida, che a quell'ora e in quel momento era spessa e densa come un muro. Per qualche passo si trovò sospeso nel nulla. Soltanto il riflesso lucido del molo sotto le suole e il suo rintocco metallico gli ricordavano qual era la giusta posizione verticale. Poi vide l'ombra della torretta del faro, piccola e tozza come un cono, ed ebbe anche una direzione orizzontale da seguire.

Quando bussò alla porta, l'ufficiale postale che lo aveva sentito arrivare aveva già sceso i pochi gradini che portavano giú dall'antenna.

– Il brigadiere è già passato, – disse. – Ve li ha dati i giornali, ce ne avete uno in tasca...

– Sí, sí... – disse il commissario. – Non sono qui per questo.

– Ah, – mormorò l'ufficiale. Si fece da parte per lasciarlo passare, poi chiuse la porta. Con un cenno della testa fece segno al commissario di seguirlo e salí i gradini che piegavano sul muro della torretta in mezzo giro di chiocciola, fino a una stanza piú piccola, al piano superiore. Lí, sotto una finestra, c'erano soltanto un tavolo di legno con un telegrafo, matasse di fili aggrovigliati, un paio di cuffie, un taccuino con una matita, una sedia con sopra una coperta e una cassa rovesciata, appoggiata al muro. Il commissario si sedette sulla cassa, chiedendosi dove dormisse l'ufficiale, dato che al piano di sotto, nella grande stanza circolare, non c'era nulla e lí quasi meno. Per un momento se lo vide, immobile su quella sedia, magro e lungo, col naso a becco e il collo stretto da uccello di palude, i capelli radi e spelacchiati in cima alla testa, come un airone. Poi pensò che forse l'ufficiale aveva una casa, che usciva, almeno per mangiare e per dormire.

– Non esco mai di qua, – disse l'ufficiale. – I telegrammi potrebbero arrivare in ogni momento e io ho una bella responsabilità. Voi lo sapete, sono l'unico contatto dell'isola con il resto del mondo.

– Capisco, – disse il commissario. – E ne arrivano molti, di telegrammi?

– Quasi nessuno. Ma potrebbero.

– Il mio è arrivato.

– Sí –. L'ufficiale allungò una mano e batté con le dita sul taccuino. Era un quadernetto con la copertina nera e granulosa, stretta da un elastico rosso. – Tengo nota di tutti i telegrammi che arrivano ed escono da questo ufficio postale.

– Mi interessano soprattutto quelli che escono, – disse il commissario e l'ufficiale ebbe una reazione strana. Mentre prima lo aveva fissato con gli occhi spalancati e si era mosso a scatti, proprio come un uccello, adesso cambiò di colpo. Da rigido che era si piegò, curvo in avanti come se d'un tratto fosse diventato troppo lungo per quella sedia e quella stanza. L'espressione, da acuta e allarmata, si fece pesante, quasi stanca. La voce, che uscí in un sospiro lento, rivelò al commissario che quella era un'espressione di sollievo e che quel suo essere curvo e un po' impacciato era il suo modo di essere normale.

– Faccio rapporto al brigadiere su tutti i telegrammi sospetti. Come quello del farmacista di tre settimane fa. *Qui vento forte che porta via tutto stop. Cosí spero da voi.* Essendo diretto a un suo amico che vive a Roma, poteva essere riferito a Sua Eccellenza il Duce.

– No, non intendevo quelli...

– E quali, allora? Sapete benissimo che a nessun confinato è permesso spedire telegrammi e che tutti gli altri, sull'isola...

– Intendevo quelli dell'inglese.

– Ah, quelli... – l'ufficiale si toccò la fronte. – Figuratevi, viene cosí spesso che ormai ci ho fatto l'abitudine... me n'ero dimenticato.

– A chi li manda?

– A un fermoposta sul continente. Una casella con un numero... Che succede?

Il commissario aveva corrugato la fronte e si era sporto sulla cassetta, piegandosi verso la scala a chiocciola.

– C'è qualcun altro qui? – chiese. – Sento suonare.

– Questa specie di flauto? È lo scirocco –. L'ufficiale sorrise, alzando un dito e muovendolo come la bacchetta di un direttore d'orchestra. – È per via del molo. I venti ci passano attraverso e quando soffiano piú forte suonano. E tutti gli strumenti, non solo il flauto che sentite ora. Il maestrale, per esempio, entra nei buchi dei piloni di metallo ed esce col suono di una tuba. Il libeccio fa vibrare le lamine che coprono il molo cosí velocemente che sembrano violini. Il grecale passa attraverso le strutture degli archi, si spezza in tanti sibili diversi, sottili sottili, e sembra quello strumento, come si chiama... l'oboe. La tramontana invece è un'arpa, ma non so dove faccia presa... forse sui tiranti dell'antenna del telegrafo. La sento piú lontana, infatti.

L'ufficiale si alzò e si piegò sul tavolo, avvicinando il volto alla finestra. Oltre al sipario bianco che velava i vetri non si vedeva nulla.

– Io me ne sto sempre chiuso qui dentro e non parlo mai

con nessuno, – disse. – A parte quelli che vengono qui per ragioni d'ufficio, come voi adesso. Me ne sto qui sospeso in questo cono sotto vuoto, perché, sentite questo paradosso, qui siamo quasi in mezzo al mare ma il vento non arriva. Il faro è stato sigillato a prova d'aria... per via della fiamma a carburo della lampada, credo. Mentre tutti sull'isola se lo sentono addosso, il vento, io sono l'unico che non ce l'ha sulla pelle. Io lo sento solo con le orecchie. Come sento il resto del mondo... – toccò il telegrafo e poi si batté la punta di un dito sul lobo, – *titití tatatà*... con le orecchie. Sapete che faccio, a volte? Non prendetemi per matto, ma sapete che faccio, a volte?

Il commissario scosse la testa e l'ufficiale rise. Si raddrizzò, un sopracciglio sollevato e un sorriso che cercava di sfuggirgli tra le labbra.

– Vado su nella cupola del faro, mi metto davanti alla vetrata, davanti alla nebbia, in mezzo a quella sinfonia di vento invisibile e immagino di dirigerla, con le braccia, cosí... – e alzò le braccia, allungandole fino al soffitto e agitandole, con gli occhi chiusi, come un direttore d'orchestra. Poi le abbassò, di colpo.

– Ma voi mi avevate chiesto qualcosa e io vi faccio perdere tempo. Cosa volevate sapere?

– I telegrammi dell'inglese. Cosa scrive?

L'ufficiale si strinse nelle spalle:

– Una parola sola. Sempre la stessa. *Torna*.

Ventuno.

Appena uscito dal faro, dopo qualche passo, il commissario si fermò perché sentí un respiro. Non era il vento. Sul molo, davanti a lui, coperto dalla nebbia che lasciava vedere poco oltre la punta delle scarpe, c'era qualcuno.
Il commissario non disse nulla, trattenne il fiato e attese perché sapeva che, anche se non sentiva alcun rumore, chi aveva davanti si stava avvicinando. E infatti prima diventò un'ombra che appannava appena il fondo lontano della nebbia, denso e bianco, poi un contorno che scuriva quello piú vicino, meno opaco e spesso, e infine una sagoma che filtrava da uno strato di foschia piú sfilacciato e trasparente. Quando emerse del tutto, lentamente, era quasi addosso al commissario.
– Vi ho fatto paura? – chiese la moglie dell'inglese.
– No, – disse il commissario. – Solo, mi chiedevo chi fosse. Strana combinazione vedervi due volte in poco tempo... e qui, su questo molo poi.
– Non è una combinazione, – disse lei. – Vi ho seguito.
– Ah sí? E perché?
La moglie dell'inglese non rispose. Si spostò di lato e si lasciò cadere all'indietro, scomparendo nella nebbia, tanto che il commissario allungò un braccio nel vuoto, aspettandosi di sentire da un momento all'altro un tonfo nell'acqua. Ma non sentí nulla, e appena fece anche lui lo stesso passo di lato, la intravide appoggiata con la schiena alla sagoma di un pilone che si alzava accanto al molo.

– Adesso sí che vi ho fatto paura, – disse lei. E sorrise.
Il commissario si avvicinò, incuriosito da qualcosa che aveva notato sul suo volto. Si avvicinò molto, d'istinto, di scatto, piú di quanto lo consentissero le regole della cortesia, e quando se ne accorse era tardi per tirarsi indietro.

Cosa c'è in questo sorriso, pensò, il volto vicinissimo a quello di lei, *cosa c'è in questo sorriso*.

La moglie dell'inglese si allungò contro il pilone, sorrise ancora e lui la vide, quella ruga sottile, una sola, all'angolo del labbro.

Un riflesso verde, veloce e intenso, gli fece alzare lo sguardo.

– Non mi ero accorto del colore dei vostri occhi, – mormorò. Lei sorrise di nuovo, verde riflesso veloce tra le palpebre e ruga sottile all'angolo della bocca. Si staccò leggermente dal pilone, accostando il volto al suo, e lui non poté fare a meno di abbracciarla, di stringere le mani sulla stoffa bianca della sua camicia e tirarla verso di sé, schiacciarla contro il suo corpo.

Sotto le sue dita, sulla pelle del suo volto, contro il suo petto, anche attraverso il panciotto e la camicia, sulla sua gamba, anche attraverso i pantaloni, e attorno al suo fianco, sul quale lei aveva fatto salire la coscia, sulle sue natiche, dove lei aveva appoggiato i piedi nudi per stringerlo forte, e sulla sua schiena, dove lei allacciava le braccia, sulla sua fronte, sulle sue labbra e su tutto, il commissario la sentiva scottare come se avesse la febbre, la sentiva bruciare, e provò il desiderio di sentirla bruciare di piú, di strapparle via la camicia e i calzoni da uomo perché quella pelle nuda potesse ardere fino a ustionarlo. Le strappò i bottoni della camicia, lei alzò le braccia perché gliela sfilasse e poi si attaccò alle sue labbra, lo strinse per i capelli, dietro la nuca, per schiacciare la bocca contro la sua, e muovendosi rapida si tolse i calzoni e li lasciò scivolare larghi sulle gambe.

Al commissario mancò il fiato quando lei gli afferrò la

cintura per allentarla, rabbrividí quando sentí la punta delle sue dita grattargli la pelle, sotto la camicia, per arrivare al bordo delle mutande e tirarle giú, con un colpo deciso che lo fece sobbalzare. Per un attimo sentí il freddo bagnato della nebbia e si ricordò che era all'aperto, in piedi, sul molo, davanti all'ufficio postale. Per un attimo si ricordò che era sposato, che era un commissario, e che l'ufficiale postale doveva essere lassú, sulla torretta, a dirigere il vento con le braccia alzate, e poteva vederli. Ancora un attimo, uno solo, brevissimo, per accorgersi di un sibilo sottile che vibrava sul molo come un accordo di violini, acuto e dissonante, poi la moglie dell'inglese gli strinse le braccia dietro al collo, alzò le gambe per allacciargliele attorno alla vita, curvò la schiena e spingendo in basso i fianchi si schiacciò contro di lui, cosí ardente da fargli male.

Appena lui cominciò a muoversi, spingendo forte in alto, come reagendo d'istinto lei rovesciò la testa e chiuse gli occhi, il labbro inferiore stretto tra i denti bianchi. Il vento le sollevò i capelli sulle spalle nude e il commissario appoggiò la bocca sulla sua pelle rovente, fece scivolare le labbra sul collo e su, fino al mento, ma lei voltò la testa, la piegò in avanti, come volesse concentrarsi su quell'unica, forte sensazione, e cominciò a muoversi, la schiena inarcata e i talloni premuti sotto le sue natiche per guidarlo e seguirlo, stretta, nel movimento.

Il vento era cresciuto d'intensità e da un accordo sottile di violini era diventato una fuga d'archi, sempre piú piena, sempre piú forte. La moglie dell'inglese si staccò dal pilone spingendo con un gomito, e stretta stretta, per non farlo uscire, lo costrinse a piegarsi sulle ginocchia per seguirla.

Mentre s'abbassava con lei nella foschia bianca che si era fatta piú densa sul molo, il commissario alzò gli occhi e per un attimo, in un buco veloce della nebbia, riuscí a vedere l'ufficiale postale, che era davvero sulla torretta del faro a dirigere con le braccia quella sinfonia fantastica che veniva dal nulla. Poi il buco si chiuse, agli archi si aggiunsero tube e ottoni, e lei ricominciò a muoversi sotto di lui e gli si strinse contro cosí forte che il commissario si perse in quel calore di febbre che lo investiva e non sentí piú il molo, non sentí piú l'aria umida sulla pelle, non sentí piú niente se non quel fuoco in cui muoversi sempre piú forte, sempre piú a fondo, avvolti lui e lei da quella nebbia bianca che gli turbinava attorno, velocissima, in un crescendo di archi, di trombe e tamburi che copriva tutto, lasciandoli sospesi nel nulla, come nel vuoto.

Quando finí, finí all'improvviso, con uno scatto e un gemito roco di lui, irrigidito e tremante, e lei che ansimava formicolante e contratta, e lo teneva stretto perché non uscisse, non ancora. Quando si sciolse, scivolandole addosso, il commissario si trovò con la testa tra le sue braccia, la guancia appoggiata a una sua spalla, la bocca di lei cosí vicina agli occhi che dovette stringere le palpebre per metterla a fuoco. Aveva minuscole righe sottili che le increspavano le labbra, aperte in un sorriso leggero, macchiate di scuro dove i denti avevano stretto piú forte. Teneva gli occhi chiusi e dondolava la testa, lentamente, mugolando piano quasi al ritmo del vento, che era tornato un accordo sottile di violini. Il commissario avrebbe voluto alzare una mano e accarezzarla su una guancia, scostarle i capelli rossi che il sudore le aveva appiccicato sulla fronte, ma lei si mosse, scivolò di lato e sollevò le gambe, stringendosele al petto. Allora il commissario abbassò la bocca per baciarle le ginocchia nude, ma appena piegò la testa vide le lentiggini che le macchiavano la pelle, e quella pioggia chiarissima sulle rotule tese gli ricordò Hana, all'improvviso, e con una violenza che lo fece sobbalzare.

Sentí l'umido della nebbia sulle natiche, si sentí appiccicoso e sporco e si sollevò per vestirsi, in fretta, con il vento nelle orecchie che in quel momento non suonava piú nulla ma era soltanto un fischio freddo e vuoto.

Ventidue.

Camminò veloce sulla punta dei piedi come se fosse abituata a correre scalza da sempre. Per tutta la strada dal molo fino a casa quasi non toccò terra con i talloni e il resto della pianta, lasciando strane impronte tronche, con i segni delle dita aperte a raggiera, simili a quelle di un gatto, di un cane o di un lupo. Volò sull'erba ruvida del sentiero come se fosse ancora sulla sabbia morbida della spiaggia.

Tutto quello che faceva, la moglie dell'inglese lo faceva come se fosse la prima volta, con lo stesso veloce entusiasmo, la stessa leggera curiosità, lo stesso fremito sottile di chi comincia a scoprire una cosa di cui non ha mai sentito parlare prima. Quello che le bruciava sotto la pelle, che le accendeva fiamme verdi negli occhi, era desiderio e febbre, ma soltanto dopo e per poco. Prima c'era un fremito sorridente e infantile, rapido come uno sguardo malizioso. «Ecco, – le aveva detto suo cugino, poco prima che li scoprissero nella stanza segreta della foresteria, – tu sei cosí, un soffio di vento che entra in una casa sconosciuta e fruga tra le carte», e aveva fatto scivolare le dita dalle tende bianche della finestra aperta alla sua pelle nuda.

Quanti anni avesse quel giorno non se lo ricordava piú. Lo aveva cancellato, come aveva cancellato le partite a tennis nel campo dietro alla villa in campagna degli zii, le corse alla foresteria quando lo zio si addormentava a metà del set, il vetro rotto la prima volta e poi la finestra sempre aperta perché non avevano le chiavi, le tende bianche che frusciavano, il lenzuolo sul divano, le dita sulla pelle... Fu la zia a volere che le pareti della foresteria fossero imbiancate perché tutto tornasse immacolato. Quel dottore austriaco da cui la portarono tanti anni dopo disse che era stata proprio quell'immagine a traumatizzarla, quell'immagine rubata dalla finestra ancora aperta, poco prima di salire in macchina e partire: gli imbianchini che passano i pennelli sulla tinta vecchia del muro e cancellano tutto, coprono tutto con quella vernice candida e spessa.

Per questo, quando tornò a Londra, anche se di fatto non lo era piú, nella psiche e nei sensi la moglie dell'inglese era ancora vergine. Vergine di tutto, per esempio della scossa metallica che un cucchiaio d'argento dà sulla lingua e di come quella stessa scossa si riproduca quando si tocca la lingua di un altro. Di come il curry conferisca alla carne di pollo un sapore dolce ma appuntito, che un attimo dopo diventa piccante, e di come accada la stessa cosa quando si aspira l'acqua di colonia mescolata con il sudore della pelle. Di come, andando in altalena, l'aria che entra da sotto procuri una sensazione velocissima di freddo che svuota lo stomaco e tronca il respiro, e di come accada lo stesso quando ci si appoggia a qualcuno, e qualcosa, un ginocchio o il dorso di una mano, tocca proprio lí.

Per questo, il figlio del banchiere, il giovane archeologo, il capitano e il funzionario delle colonie non la vollero che solo una volta, interpretando quella sua verginità curiosa o come una finzione indegna di una moglie o come un'ingenuità inadatta a un'amante. E ad ogni rottura di fidanzamento, una nuova passata di vernice bianca su sensazioni e ricordi.

Quanti anni avesse quando smise di mangiare arrivando al punto di essere in pericolo di vita, non se lo ricordava piú, ma fu allora che l'altro zio, quello che insegnava medicina a Eton, riuscí a portarla a Vienna, da quel dottore che la guardava rispondere alle sue domande strane accarezzandosi la barbetta bianca, e alzava la testa ogni volta che lei arrossiva d'imbarazzo, e allora la luce che entrava dalla finestra dello studio gli velava di bianco le lenti degli occhiali.

Fu lí, mentre aspettava di farsi ricevere dal dottore, che incontrò l'inglese. Era venuto a Vienna apposta per cercarla, dopo che il funzionario delle colonie, che frequentava il suo stesso circolo, gli aveva raccontato di lei e del suo curioso modo di essere.

L'inglese parlava e parlava, con quella sua voce gentile e bassa, che si alzava ogni tanto alla fine di una parola o di una frase come se ci brillasse dentro una scintilla, la scintilla veloce di un sorriso ironico, da italiano. Quella voce la ipnotizzava, ma non come faceva il dottore, non la addormentava in un torpore languido di cui non ricordava piú nulla al risveglio. L'inglese la teneva sospesa in uno stato di sottile eccitazione che la stordiva piacevolmente, come una febbre leggera. La sua voce, quando le raccontava della villa in Sicilia, di sorella Virakam e di sorella Cypris, della Contessa, di Loveday e di Frau Ninette, era un fruscio intenso, che le solleticava le orecchie e le faceva rabbrividire la pelle. Era un soffio di vento che entra in una casa sconosciuta e fruga tra le carte. L'inglese non la toccò finché non arrivarono alla villa e anche laggiú il primo a toccarla non fu lui ma il Maestro, sull'altare esagonale, vestito della tunica bianca, con la cotta scarlatta e la tiara.

A tutto questo pensava la moglie dell'inglese quando entrò in casa, una mano premuta sul cavallo dei pantaloni da uomo, quasi stretta, e un sorriso malizioso sulle labbra lunghe. All'inglese brillarono gli occhi. Congiunse le palme delle mani in uno schiocco rapido e disse: – Ah! – poi sorrise anche lui e mormorò: – Brava!

Se in quel momento fossero stati meno eccitati, l'inglese e sua moglie, forse si sarebbero accorti del bisbiglio che si sentiva fuori dalla finestra del soggiorno, un bisbiglio circolare e intenso, che ad ascoltarlo soprappensiero avrebbe finito col dare le vertigini. Ma la finestra era chiusa e poi Mazzarino era sicuro di essersi allontanato abbastanza perché chi gli stava parlando non fosse sentito da dentro la casa.

Ascoltò serio, annuendo concentrato, distratto soltanto dal suo seguire con la punta dello stivale d'ordinanza la curva dell'ombra che aveva davanti, simile all'ala di un grosso pipistrello, e alla fine annuí ancora, con uno scatto veloce del collo tozzo.

– Ora ne so abbastanza, – disse. – Grazie.

E si allontanò, pestando forte i piedi, come se marciasse, con un'idea che gli gonfiava il cuore e gli bruciava nella testa, forte quasi quanto la sensazione provata due anni prima, alla Cajenna, dopo aver visto il mare.

Ventitre.

La prima volta che era arrivato sull'isola e aveva visto il mare il capomanipolo Mazzarino si era sentito troncare il fiato dall'emozione. Non c'era mai stato cosí vicino. Né quando era ragazzo, sul monte, né quando combatteva in trincea, e neppure quando correva sulle strade polverose della provincia, dritto sui cassoni dei 18 BL, era mai arrivato alla spiaggia. Era notte quando si era imbarcato per l'isola, dopo aver risposto con un «obbedisco!» ruggito a gola piena al superiore che lo comandava alla Cajenna, ed era ancora notte quando la Littorio, la vecchia lancia che il Partito gli aveva affidato, aveva attraccato al molo. Di tutta quell'acqua aveva visto soltanto il riflesso nero alla partenza e all'arrivo. Per il resto del viaggio se n'era stato sotto coperta, chiuso in cabina perché i suoi uomini non vedessero che soffriva il mare.

Soltanto la mattina dopo, mentre in piedi sugli spalti della fortezza aspettava che sorgesse l'alba per l'alzabandiera, soltanto la mattina dopo, immobile in mezzo alle sue camicie nere a fissare il gagliardetto e la bandiera italiana ancora avviluppati all'asta, soltanto allora si era accorto che quella distesa d'acqua grandissima, cosí grande che non avrebbe potuto neanche immaginarsela, era proprio lí, accanto a lui. E non quella presa in giro di sputo fangoso che aveva sul monte ma qualcosa di infinito, che brillava, rosso come sangue appena sgorgato, scintillava di sole, talmente vasto che andava al di là dell'orizzonte, gli riempiva lo sguardo fino alla coda dell'occhio, fino agli angoli piú esterni e anche oltre.

Ma era stato solo qualche tempo dopo che aveva avuto l'emozione piú forte. Piú forte dell'orgoglio di trovarsi da solo a capo del suo manipolo, il suo manipolo, i suoi uomini, anche se il centurione aveva riso mentre gli leggeva i nomi di quelli che gli aveva assegnato per la Cajenna. Piú forte della sensazione di potenza di quando aveva passato in rassegna i confinati, in fila sul piazzale della fortezza, irrigiditi dalla paura mentre lui li esaminava uno per uno, da vicino, quasi annusandoli col suo naso da cinghiale. Piú forte anche dello sgomento di quando aveva ricevuto il telegramma.

Cosí forte che si era sentito pietrificare, non ribollire o accendere, pietrificare, diventare tutt'uno col sasso al quale appoggiava le mani, squadrato e scolpito da una sensazione grandiosa. Il sasso su cui teneva le mani era un parapetto di roccia nera come quella con cui era stata costruita la Cajenna. Scavato nella parete nuda di una scheggia della montagna, incassato e coperto come una trincea, si affacciava a picco sul cimitero. Mazzarino ci era salito arrampicandosi per una scala di legno che doveva essere vecchia come i morti sepolti dentro le tombe. Ad attirarlo lassú era stata una danza macabra dipinta lungo il parapetto, uomini nudi e rossi, stilizzati come in una pittura rupestre, che danzavano sotto uno scheletro con la falce, bianco sulla roccia nera. Voleva sporgersi dal parapetto per osservarli da vicino, a testa in giú, quella morte secca soprattutto, ma appena aveva toccato la roccia con le mani il cancello di ferro battuto del cimitero si era aperto ed era entrata la processione.

Avrebbe dovuto esserci anche lui. Era la processione di qualche martire santo e avrebbe dovuto trovarsi dietro al prete e ai chierichetti, assieme alle autorità dell'isola. Prima il segretario e quella mezza sega del sottosegretario, poi il commissario, e poi lui, alla testa delle camicie nere implotonate strette, con accanto Miranda che teneva il gagliardetto. Dopo, il dottore, le donne, i pescatori e i pastori dell'isola. Avrebbe fatto in tempo a scendere e a prendere il suo posto, ma appena li vide entrare, appena li vide imboccare il sentierino bianco che scivolava tra le tombe, rimase impietrito.

La gente, sull'isola, non era molta, ma il cimitero era davvero piccolo e quella processione silenziosa lo attraversò tutto, serpeggiando compatta e piena come un fiume, un fiume di vivi chiuso tra due sponde di morti, uomini e donne con la testa china, vestiti a festa, che scorrevano tra le lapidi a passi corti e irregolari, rallentati dalla consapevolezza di trovarsi in quel luogo e affrettati dal desiderio di non esserci piú. Come una danza. E là, sul parapetto, c'era lui, Mazzarino, le mani agganciate alla roccia proprio ai lati della Morte dipinta, quasi fosse stato la proiezione della sua ombra, come se davvero, alzando un braccio e puntando il dito, avesse potuto decidere chi doveva morire e chi no, chi restava nel fiume a scorrere silenzioso e chi saliva sulla sponda, tra le tombe.

La processione aveva già fatto il giro del cimitero e stava sparendo inghiottita dal cancello come dalla chiusa di un fiume, quando Mazzarino si lasciò distrarre da un fruscio alle sue spalle, rapido e nero come un battito d'ali. Ma non si voltò neppure.

Ancora impietrito dall'emozione, abbassò lo sguardo sul cimitero e fu allora che ebbe l'idea di come risolvere la questione del telegramma.

Il quarto giorno

Ventiquattro.

Fu un rumore a svegliarlo, e ancora nel sonno, con gli occhi chiusi, il commissario immaginò che fossero piccioni, tanti piccioni appollaiati nella stanza. Stavano sui mobili, sulla testiera del letto, sul comodino, sulla bacinella del lavamano, gonfi e rotondi, con la testa affondata nel petto. Non muovevano le ali ma battevano le zampe sul legno e sulla porcellana, su e giú, ed era quello il rumore, un calpestio leggero ma intenso, frenetico.

Il commissario aprí gli occhi e vide che nella stanza non c'erano piccioni, ma sua moglie. Una sagoma scura, prima, davanti al cassettone, ancora indistinta e lucida di sonno rappreso tra le palpebre, poi Hana dai contorni definiti nella penombra, in camicia da notte. Si muoveva veloce e quasi silenziosa, grattava nei cassetti, picchiettava con le dita sul piano dei mobili e scivolava fino a un tavolino, in un sottile frusciare di stoffa.

– Cosa c'è? – chiese il commissario. – Che stai facendo?

– Preparo la valigia, – sussurrò Hana, come se non volesse svegliarlo.

– La valigia?

– Sí. Per il viaggio –. Smise di armeggiare col tavolino e si voltò in un fruscio piú rapido. – Perché? Non vuoi partire piú?

Non riusciva a vederla in volto. I suoi occhi si erano abituati alla penombra, ma Hana era ancora una macchia senza lineamenti ritagliata nell'oscurità. Si sollevò su un gomito, ma anche cosí non la vedeva. Fece scivolare la mano sul comodino, cercando i fiammiferi, e quando li trovò accese lo stoppino del lume a petrolio, girando tra le dita la rotellina che regolava la fiamma.

– Ma certo, – disse, – certo che voglio partire. Tutti vogliono andarsene da quest'isola. Però c'è tempo... devo aspettare l'ordine di trasferimento da Roma.

Alla luce della fiamma Hana aveva un'espressione assorta. Guardava di lato come se osservasse qualcosa, le labbra sporte in avanti, la ruga sottile all'angolo della bocca che non si vedeva ma c'era. Annuí all'improvviso, e lasciò cadere nella valigia aperta il corsetto che aveva in mano.

– Preparo la colazione, – disse. – Abbiamo bisogno di mangiare. Dobbiamo essere in forze per il viaggio.

Uscí dalla stanza cosí com'era, in camicia da notte, e il commissario sospirò, buttando da parte lenzuolo e coperta. Scese dal letto e si vestí in fretta, rabbrividendo quando la biancheria fredda prese il posto del camicione ancora caldo di notte e di sonno. Infilò le scarpe senza calzini e, sfregandosi le mani sulle maniche della camicia, lanciò un'occhiata all'orologio che teneva sul comodino, scoprendo che non era poi cosí presto come credeva. Prese la vestaglia di Hana, cercò le sue pantofole sullo stuoino dalla sua parte del letto e la raggiunse in cucina.

Hana stava imburrando una fetta di pane. Dopo aver spalmato uno strato di burro altissimo, lo coprí di marmellata. Poi appoggiò la fetta su un piatto, si leccò le dita e ne prese un'altra. Il commissario le mise la vestaglia sulle spalle, si chinò fino al pavimento, le sollevò una caviglia e le infilò una pantofola al piede. Fece lo stesso con l'altro e quando si rialzò Hana aveva finito di coprire di marmellata la seconda fetta e cosí poté infilarle le maniche della vestaglia, tirando la stoffa sul gomito perché teneva aperte le dita appiccicose. Quando le ebbe allacciato l'ultimo bottone sotto al collo, Hana sembrò riprendere coscienza di sé e corse rapida al fuoco, a controllare la caffettiera.

Il commissario si sedette al tavolo di cucina. La caviglia di Hana era ghiacciata e ne aveva ancora il ricordo freddo sulla punta delle dita. Per contrasto, pensò alla pelle rovente della moglie dell'inglese e allora scosse la testa per scacciare quel pensiero. Prese una fetta di pane pesante di burro e marmellata e ne staccò un morso, anche se la mattina, di solito, non riusciva a mangiare niente. Il gusto dolce delle ciliegie e la densità salata del burro gli sigillarono la bocca mentre cercava di concentrarsi sul fatto che, in tutto quel tempo, quella era forse la prima volta che Hana usciva dalla sua stanza. Poi, il sibilo della napoletana e l'odore amaro del caffè lo stordirono con un desiderio cosí forte che sentí male alle giunture della mascella, sotto le orecchie.

– Avremo una casa grande quando saremo là, – disse Hana, versandogli il caffè, e lui stava per risponderle ma lei continuò a parlare, facendogli capire che quella non era una domanda. – Con un terrazzo. Il terrazzo è importante... dà sulla strada e si può vedere chi passa.

– Non so neppure dove mi mandano. A Roma, a Bologna... a Trento. Può essere anche in un paesino.

Hana annuí ancora, come seguendo un discorso tutto suo. Prese una fetta di pane e la morse a fondo, lasciando i segni dei denti nel burro arrossato di ciliegie.

– Magari è un posto di frontiera con quattro case e una strada, – disse il commissario, cauto, soffiando sul caffè. Hana socchiuse gli occhi e sorrise come a una battuta. Aveva finito il pane e si leccò le labbra, raccogliendo una briciola all'angolo della bocca.

– O forse è oltremare, in colonia...

Hana prese la sua tazza. Schiuse le labbra sul caffè e ne bevve un sorso, poi alzò gli occhi sul commissario, guardandolo da sopra il bordo di porcellana. Lui l'aveva sempre trovata bellissima quando faceva cosí. Bellissima.

– Non importa, – disse lei, scostando la tazza dalla bocca. – Sarà quel che sarà, basta che non sia qui.

Bevve un altro sorso e lo guardò ancora. Bella. Bellissima.

– Qui no, – disse. – Qui c'è il Diavolo.

Il commissario non ebbe il tempo di rispondere. Le dita sudicie di Martina lo toccarono sul braccio, facendolo sobbalzare. Non l'aveva sentita avvicinarsi e il fatto che non avesse sentito neppure il rumore del chiavistello significava che aveva lasciato aperta la porta di casa quando era rientrato, la sera prima. Gli tornò in mente come fosse corso in camera a lavarsi perché Hana non gli sentisse addosso l'odore di quello che aveva fatto, e di come le fosse stato lontano finché non si era addormentata. Il pensiero di Hana e Miranda non lo aveva neanche piú sfiorato e si era sbiadito come il fantasma di un sospetto assurdo, da usarsi solo come stupida e meschina scusa per giustificare il suo tradimento. Di nuovo si sentí strangolare dal senso di colpa e con un sorso buttò giú il caffè ormai freddo, mentre Hana diceva: – Finito qui, vieni ad aiutarmi con la valigia, – e Martina rispondeva: – Appena fatto, signora.

Cercando di non pensare a nulla, guardò Martina che si muoveva svelta per la stanza, toglieva le tazze, spazzava dalla tavola le briciole di pane, raccolte nella mano a coppa, e le gettava nel camino spento. La guardò mentre gli girava attorno con la scopa in mano, impicciata, piú che imbarazzata, dalla sua presenza, e la vide prendere la legna e accendere il fuoco. Poi, sempre senza pensare, quasi ipnotizzato da gesti a cui non si interessava, la vide afferrare un ventaglio di piume, montare in piedi su un ciocco di legno e sporgersi sull'alzata del camino per sventolare il fuoco. In equilibrio sul ciocco, le dita dei piedi agganciate alla curva del legno e il busto piegato, con una mano appoggiata ai mattoni del camino e l'altra protesa in avanti, le vide il grembiule salire sulle gambe, veloce, a scoprire le cosce, la curva delle natiche e la pelle nuda e scura, e allora si alzò di scatto e pensando *bestia che sono!* scappò dalla cucina.

Venticinque.

Era l'oscurità piú nera che avesse mai visto. La piú cieca. Il buio piú denso, chiuso e totale. Anche a sbattere le palpebre, a stringere gli occhi e fissarli in avanti, non si riusciva a intravedere una luce, una traccia piú pallida, neppure i contorni delle cose che dopo un po' si disegnano sempre nel buio, come ombre in rilievo. Era un'oscurità piena, senza sfumature, liquida e compatta come un bagno di pece, cosí assoluta, avvolgente e infinita che anche i rumori, i suoni e i ronzii sembravano scomparsi, assorbiti e inghiottiti da un silenzio nero. Era l'oscurità piú completa che avesse mai visto, e mentre si diceva questo Valenza pensò che era surreale e ancora piú assurdo, perché l'oscurità non si vede.

Sapeva bene dove fosse. Era all'Inferno. Lo aveva capito appena gli avevano aperto la porta di ferro e aveva visto la cella graffiata di scritte lucide e nere, perché le pareti erano di lava e non si sbiancavano a scorticarle di nomi, date e bestemmie. Chi era stato in quella cella, come Friedrich, l'aveva descritta cosí, i muri, il soffitto e il pavimento opachi e grezzi, e l'aveva chiamata usando quel nome che doveva avergli dato il primo detenuto che ci era finito dentro. L'Inferno.

Appena gli avevano chiuso la porta alle spalle, la luce era sparita di colpo e si era sentito il buio addosso, schiacciato e stretto da una sensazione di smarrimento cosí forte che gli era sembrato di sentirsi sollevare da terra. Aveva anche allargato le braccia, annaspando nel vuoto con gli occhi che gli bruciavano, senza fiato, come se davvero quel buio liquido come la pece gli fosse entrato in gola e nel naso e gli avesse riempito le orecchie. Quando poi era caduto a terra, il colpo delle ginocchia sulla pietra del pavimento gli aveva dato una scossa. Ma già poco dopo, non appena si era abituato al freddo della lava, che era diventato il freddo dell'aria e anche il freddo delle sue ginocchia, aveva dovuto toccarsi con le mani per sapere di esistere ancora.

Poi si era addormentato, in quel silenzio senza luce e senza tempo, ed era caduto in un sonno cosí profondo che non si era neppure accorto che qualcuno fosse entrato per portargli da mangiare. Lo aveva capito dall'odore della minestra, che prima non c'era, e ne aveva avuto la certezza quando ci aveva infilato dentro le dita, tastando a caso sul pavimento.

La minestra sulla lingua, il metallo della scodella tra le labbra, il pavimento duro sotto il sedere e la parete nodosa dietro la schiena e sotto la nuca, quando piegava indietro la testa. Altro della cella non sapeva. Non aveva allungato le mani oltre quella minestra, non aveva esplorato la parete, si era limitato ad accucciarsi sul posto, stretto su se stesso come un feto.

Perché aveva paura, Valenza.

Ma non del buio, dei pesci.

Nonostante fosse uno scienziato e avesse studiato, toccato e dissezionato quasi ogni specie vivente conosciuta sulla terra, esseri umani compresi, anzi, soprattutto esseri umani, il professor Valenza aveva paura dei pesci.

Non di tutti. Le acquadelle che ondeggiavano vicino alla riva del mare come schegge d'argento e che scartavano tutte assieme da una parte quando immergeva le dita in mezzo al branco, quelle non gli facevano paura. E neanche i pesci rossi che da bambino aveva vinto alla fiera di San Gennaro gli facevano paura: non gliene facevano quando rimaneva a osservarli dentro la boccia piena d'acqua, le bocche e gli occhi ingigantiti dalla curvatura del vetro, e non gliene avevano fatta quando li aveva trovati a galleggiare a pancia all'aria, lividi e gonfi, perché aveva dimenticato di dargli da mangiare. E neppure i rombi, le spigole, le sarde e le passere che quasi tutti i venerdí, fino a quando non si era iscritto all'Università, sua madre lo aveva costretto a guardare, annusare e toccare, la mattina presto, al mercato del pesce, e a prendere dalle mani argentate di squame dei pescatori mentre ancora si dibattevano in un foglio di carta bagnata e sanguinante: neppure quelli gli facevano paura.

Erano i polipi, con i loro occhi liquidi e le bocche nascoste sotto ai tentacoli coperti di ventose. I polipi lo spaventavano. E anche i crostacei, le aragoste, i gamberoni e gli astici che si contorcevano sul ghiaccio con le chele aperte, le antenne che sforbiciavano nell'aria e quelle zampe sottili da ragno.

Ma soprattutto i pesci mostruosi degli abissi.

Quelli sí che lo terrorizzavano, quegli aborti albini dalle bocche spaventose, gli occhi fosforescenti appesi in cima alle antenne e le pinne corte e tozze. Aveva urlato la prima volta che li aveva visti disegnati sull'atlante animale, riprodotti dai cartografi che li avevano pescati per errore scandagliando le profondità degli oceani o ricostruiti sui dati delle esplorazioni sottomarine. Soltanto l'idea che da qualche parte, sospesi nelle profondità piú nere degli abissi, ci fossero quegli esseri mostruosi lo faceva correre fuori dall'acqua con una scusa qualunque, anche se stava facendo il bagno a pochi passi da riva.

Aveva cercato una spiegazione al suo terrore e ne aveva trovata una simbolica. Aveva pensato che lui, uomo di scienza e raziocinio, vedesse in quegli incubi assurdi, che sembravano vomitati dalla notte piú cieca dell'inferno, i mostri generati dal Sonno della Ragione. I demoni dell'inconscio primordiale, le forze incontrollate del caos, tumori maligni dallo sviluppo imprevedibile, in grado di paralizzare la ragione impedendole di esercitare il suo logico dominio.

Studiare le leggi naturali che hanno prodotto quei peduncoli e quelle branchie invece di chiudere l'atlante. Osservare la funzione illuminante della fosforescina. Imparare a riconoscere un *Mictophide* da un *Ceratoide*, riuscire a fissare senza paura un pesce Boccatonda e una Vipera di mare, invece di irrigidirsi e serrare gli occhi, voltando anche di lato la testa.

Quando aveva cominciato a scambiare lettere e messaggi con altri attivisti politici, si era dovuto inventare un codice per sfuggire alle spie della polizia che simpatizzava con i fascisti. Forse, chiamare i capi degli squadristi con i nomi dei pesci mostruosi dell'abisso, scelti sull'atlante con un foglio di carta sotto la mano a coprire i disegni, era stato il primo passo per affrontare quella paura e cercare di vincerla. Mussolini, nel suo linguaggio clandestino da cospiratore, era uno *Sternoptychide*, un pesce Accetta.

Ma starsene lí, in quella cella, immerso nel buio come nella notte piú cieca dell'inferno, gli aveva fatto fare un passo indietro. Quando si era trovato avvolto da quell'oscurità nera, aveva commesso l'errore di pensare che cosí doveva essere il fondo degli oceani. E allora si era rattrappito, ghiacciato dalla paura, e non aveva piú allungato una mano per il terrore assurdo di sentirsi all'improvviso sotto le dita la bocca, gli occhi o le pinne di uno di quei pesci mostruosi.

È ovvio, si era detto, con serena e razionale lucidità, *è ovvio. Sto impazzendo.*

E si era accucciato sul pavimento, di nuovo piegato su se stesso come un feto, il bavero della giacca tirato sull'orecchio. Non per il freddo, ma per coprirsi dall'attacco dei pesci.

Ventisei.

All'improvviso si fece buio come se fosse arrivata la sera. Da gialla di sole che era, l'aria perse colore. Tutti i riflessi, tutte le schegge di luce che brillavano sulle superfici riflettenti, tutto lo scintillare dei colori piú vivi, si spensero di colpo. Il cielo, il mare e l'aria diventarono grigi, di un grigio tutto uguale, appena un passo prima del nero. Poi, rapidamente, si distinsero: l'aria di mercurio, piú luminosa e liscia, il mare di piombo, pesante e compatto, il cielo d'acciaio brunito, elettrico e teso.

Arriva il temporale, pensò il commissario e si alzò per andare ad aprire la finestra del suo ufficio, nell'illusione che cosí, con i vetri spalancati, entrasse piú luce. Un attimo prima, proprio come la mattina precedente, aveva battuto la punta delle dita sul giornale arrotolato, pensando a Valenza che ancora non si faceva vedere.

Sporse la testa oltre il davanzale e guardò in su, a quel cielo gonfio che sembrava sul punto di esplodere. Anche il vento era scomparso all'improvviso, come se qualcuno, da qualche parte, avesse tirato il fiato e si stesse preparando a soffiare con tutta la forza che aveva. Allungò un braccio fuori dalla finestra, il palmo della mano verso l'alto, ma niente. Niente pioggia, tutto immobile, gonfio e teso. E la ventata che entrò nell'ufficio e gli sollevò le carte appena si fu seduto alla scrivania non sembrò quel soffio potente di due guance rotonde che si aspettava, ma piuttosto un peto, indiscreto e veloce, sfuggito per sbaglio. Portò nella stanza aria febbricitante di pioggia in arrivo, odore metallico di polvere e, cosa strana, un cappello, che batté rigido sul bordo della scrivania e rotolò sul pavimento, girando sulla tesa come una ruota.

– È mio, – disse il federale. – Scusate.

L'ufficio del commissario era a piano terra e dava direttamente sulla strada. Il federale si era fermato davanti alla finestra, incorniciato dal legno scuro degli infissi come un quadro a mezzo busto. Era vestito di nero, con un cappotto corto che gli scendeva liscio sulle spalle arrotondate, il colletto rigido della camicia bianca stretto dalla cravatta e sagomato dalle falde scure della giacca. In mano aveva un ombrello aperto, anche se non pioveva.

– L'ho aperto cosí, d'istinto, appena è cambiato il tempo, – disse seguendo lo sguardo interrogativo del commissario. – Mi restituite il cappello, per favore?

Il commissario si piegò sulla sedia e prese il cappello del federale, poi si alzò e mentre si avvicinava alla finestra si portò due dita al naso, reagendo a un odore acido e forte.

– Petrolio Thomas, – disse il federale, con un sospiro. – *Rimedio efficacissimo contro la caduta dei capelli, per posta, lire 11 anticipate*. Mia moglie è convinta che faccia bene. Io lo trovo disgustoso, ma che volete… – Sospirò ancora e prese il cappello che il commissario gli tendeva, poi chiuse l'ombrello e lasciò cadere le braccia lungo i fianchi. Un soffio di vento arrivò a smuovergli appena i vestiti e per un momento sembrò che il federale, cappello in testa e ombrello puntato sul piede, fluttuasse sospeso nell'aria, al centro del quadro.

– Farei di tutto per mia moglie, – disse. – Voi no? Immagino di sí.

– Sí, – disse il commissario.

– È incredibile come le donne che amiamo condizionino il nostro comportamento. Voi amate vostra moglie, immagino.

Il commissario annuí. Avrebbe voluto rispondere sí, con forza, ma il federale non gliene dette il tempo. Evidentemente aveva voglia di parlare, cosí il commissario si spostò per appoggiarsi al davanzale e mettersi piú comodo. Da quell'angolazione entrava nella cornice della finestra anche la fontana al bordo della piazzetta, alle spalle del federale. Era una fontana dalla vasca larga, piena d'acqua, che rifletteva il quadrante rotondo dell'orologio di un campanile fuori vista. Deformato dalla rifrazione, sembrava un enorme orologio da tasca che si stesse liquefacendo al limite di una fuga di linee disegnata dalla piastrellatura a quadrettoni della piazza.

– Non sopporterei l'idea di perderla... come voi, immagino. Ogni tanto minaccia di fare i bagagli e di tornare in continente e a me sembra di impazzire, ma poi non lo fa. Questa è un'isola da cui non si scappa facilmente. Mia moglie la odia.

– Tutti la odiano, – disse il commissario. – Voi no?

Il federale si strinse nelle spalle. Si mosse, modificando il quadro. Alle sue spalle si aggiunse uno spicchio di mare ritagliato tra gli angoli di due case, una fetta di mare color piombo, increspato appena da piccoli riccioli bianchi di schiuma. Sul mare, fermo e immobile come fosse dipinto, c'era un gabbiano che cercava di forzare il vento, volando non parallelo ma perpendicolare all'acqua, in modo da mostrare il dorso e le ali spiegate. Nella parte destra del quadro c'era ora anche la bottega di un rigattiere che aveva messo fuori dalla porta un manichino dalla testa ovale, la cassa sfondata di un contrabbasso e una serie di bottiglie vuote, dal collo lungo e un po' storto.

– Io sono uno che dove lo metti sta, – disse il federale. – Qui ci sono nato e poi mi accontento di poco... mi basta mia moglie –. Si toccò le labbra con i polpastrelli di una mano, sorridendo imbarazzato. – Oddio, se mi sentisse... non voglio dire che mia moglie sia poco, per carità. Anche se lo so che non faceva la maestra a Taranto, ma che importa. Credete che le mogli dei funzionari del Partito siano tutte delle santarelline? Come ha detto il Duce, «quello che eravamo prima della rivoluzione fascista non conta!» – Il federale strinse le mascelle, sollevando la testa, ma aveva il mento sfuggente e al posto della mascella in fuori gli venne solo una ruga di pelle schiarita dallo sforzo.

– Corna vecchie, – mormorò. – Ma da quando è mia moglie, io ci posso mettere la mano sul fuoco. Come voi sulla vostra, naturalmente...

– Certo, – disse il commissario di scatto. Quella conversazione cominciava a irritarlo. Non capiva perché il federale gli stesse dicendo quelle cose con il tono esitante di chi parla per doppi sensi. Lo infastidiva il tempo, quel vento e quella pioggia che non si decidevano ad arrivare. E lo infastidiva il ricordo della voce di Zecchino, due notti prima. «Ti do il doppio se ti fai la moglie di quella carogna di sbirro».

Afferrò le ante della finestra per fargli capire che il colloquio era finito, ma il federale non si mosse.

– Beato voi che ve ne andate. Prima o poi lo farò anch'io... sto solo aspettando che si muovano le persone giuste, a Roma. Intanto me ne resto qui, a tenere alto il gagliardetto del rinnovato Onore d'Italia. Quando partite?

– Appena possibile. Gli affari dell'ufficio...

– Fossi in voi mi dimenticherei dell'ufficio e penserei solo alla partenza. Penserei al telegramma. Voi siete un funzionario zelante, che fa tutto per benino, ma ci sono certi momenti in cui fa piú carriera chi sa lasciare le cose a metà. Vi è mai capitato?

– Mai.

– C'è sempre una prima volta. Un po' come vendere l'anima al Diavolo... di questi tempi lo fanno in tanti. Io lo faccio tutti i giorni. Non siate un funzionario cosí bravo, Eccellenza, potrebbero pensare che siete insostituibile e lasciarvi qui ancora per un pezzo. Non credo che la signora Hana riuscirebbe a sopportarlo.

Il federale voltò la testa, di scatto, perché il vento aveva portato netta la voce di sua moglie: – Allora, cosa fai, vieni o non vieni?

Senza salutare, il commissario gli chiuse la finestra in faccia. Piazza quadrettata, fontana e orologio liquefatto, gabbiano e mare e bottiglie e manichino sparirono dietro al federale che cosí, al di là del vetro della finestra, incorniciato dal legno delle imposte, sembrò di nuovo fluttuare in aria come al centro di un quadro, il vestito nero appena smosso da un soffio di vento, il cappello in testa e l'ombrello al piede.

Ventisette.

Prima di diventare la moglie del federale, la moglie del federale si chiamava Wanda e faceva la ballerina di fila in una rivista di terza categoria. Non era il suo vero nome. Prima di chiamarsi Wanda si era chiamata Melissa, Gigí, Manola e Keope, ed era stata la zingara maliarda, la francese perduta, la spagnola focosa, l'esotica odalisca che fa la danza del ventre e qualcos'altro ancora, tanto che chi fosse stata veramente in origine non se lo ricordava quasi piú.

Prima di diventare il federale, invece, il federale era impiegato in una ditta che commerciava vino con le colonie. Aveva un cugino che dirigeva le Grandi Cantine di Firenze, *produzione propria, invecchiamento, specialità: tipi esportazione per Colonie e Paesi Oltremare, indirizzare tutta la corrispondenza a Carmignano presso Firenze-Italia*, e quello era il compito del futuro federale, starsene a Carmignano a sbrigare la corrispondenza del cugino. Oltremare non c'era mai andato, per lui Massaua, Mogadiscio, Homs, Tripoli e Bengasi erano soltanto sedi legali di ditte a cui intestare ordini e ricevute di pagamento. Non aveva mai neppure desiderato andarci e quando su «Due lire di novelle», che comprava e leggeva in fretta ogni settimana, incontrava un racconto d'ambientazione coloniale, lo saltava. Carmignano gli andava benissimo e gli bastava.

Alla moglie del federale, che in quel momento si chiamava già Wanda ma continuava a fare la danza del ventre non essendo ancora riuscita a cambiare numero, andava stretta addirittura Firenze. Ogni sera, dopo lo spettacolo, il direttore della rivista entrava nel camerino dove le ragazze si stavano spogliando. Stretto tra le sue dita grosse come salsicce aveva un mazzo di bigliettini con gli indirizzi di alcuni spettatori e i nomi delle ballerine a cui erano interessati. A lei capitavano quasi sempre i piú strani, quelli per cui non doveva neppure cambiarsi perché la volevano cosí, zingara maliarda, spagnola focosa, francese perduta, esotica odalisca, e a lei non dispiaceva, perché a fare le cose strane si divertiva di piú. C'era uno studente che fumava sempre, giovane, piú giovane di lei, ma con le dita già ingiallite dalla nicotina, che aveva cominciato a chiederla tutte le sere. Non era neanche male, un po' troppo pallido, un po' troppo esile, ma bello con quegli occhi azzurri, quella faccia un po' da diavolo, e i capelli che non volevano stare indietro e scendevano sempre sulla fronte. E poi ricco, abbastanza almeno, perché il direttore della rivista aveva alzato il prezzo degli incontri e della camera dell'alberghetto che sapeva lui, e quello non aveva detto nulla. Però era strano, quel ragazzo. La prima volta non aveva fatto niente, aveva voluto che lei restasse in piedi in mezzo alla stanza, vestita come un'odalisca, mentre lui le girava attorno, le sfiorava la pelle con le mani e con le labbra, avvicinando la faccia come se volesse annusarla. Si era anche steso a terra, tra le sue gambe aperte, ed era rimasto a guardarla da laggiú, in piedi in mezzo alla stanza. Poi, le altre sere, aveva cominciato a toccarla e a baciarla e a chiedere a lei di toccarlo e baciarlo e stringerlo e morderlo e schiacciarlo. Afferrarlo per il ciuffo e scuotere, tirare. Stringergli il labbro tra i denti, forte, tutte le volte che si avvicinava alla sua bocca per baciarla. Colpirlo sul sedere nudo con la mano aperta e graffiarlo con le unghie. Montargli in ginocchio sul petto, con tutto il suo peso, fino a troncargli il respiro, e poi scivolare in avanti, sedersi sul suo volto e chiudere le cosce. A lei non dispiaceva, lo trovava divertente. Quelli che volevano fare l'amore normalmente, lei sotto e loro sopra, c'erano e bastavano e avanzavano anche. E poi arrivò quel commerciante di vini.

La sera in cui conobbe quella che sarebbe stata sua moglie, il federale non era ancora il federale, ma lo sarebbe diventato presto. Lui, alla rivista, non ci voleva neanche andare. E neppure alla cena, prima, e al bordello che avevano stabilito per dopo. Sarebbe volentieri rimasto a casa a leggere «Due lire di novelle» e poi se ne sarebbe andato a letto, ma non fu possibile, perché suo cugino, il direttore delle Cantine, partiva il giorno dopo per marciare su Roma e bisognava festeggiare. A lui, invece, i fascisti non piacevano. Se era iscritto e tesserato e figurava perfino nei ranghi di una squadraccia, era solo perché suo cugino finanziava il Fascio e gliel'aveva imposto come contropartita. Per il resto aveva rifiutato qualunque partecipazione che non fosse puramente nominale. Non gli piacevano i fascisti. Gli facevano paura. L'aveva anche detto a suo cugino, quella mattina, quando si erano nascosti dietro la tenda della finestra dell'ufficio e avevano guardato giú, nella strada davanti alla cantina. C'era stato uno scontro per lo sciopero e due fascisti tenevano un uomo per le gambe, a terra, e lo colpivano con i bastoni, mentre un altro lo prendeva a calci in testa. «Sta' zitto, scemo, – aveva detto suo cugino. – Vuoi gli scioperi? Vuoi che chiudiamo? Vuoi finire in mezzo a una strada anche te? Se ti dà fastidio non guardare!» Cosí lui si era voltato dall'altra parte e la sera era andato al ristorante con suo cugino, il conte padrone delle Cantine, un ex capitano con la medaglia d'oro e i due squadristi, a sentir raccontare di quella volta che avevano trovato una camicia nera decapitata e sbudellata a roncolate dai contadini della Lega, e per rappresaglia «Madonna bona, si dette foco a tutto il paese», con i carabinieri che guardavano dall'altra parte. E quando l'ex capitano disse «Che si va a fare al bordello?», e «Basta parlare col capocomico», e «Vai vai, so io», lui aveva già bevuto abbastanza da accettare e urlare anche «Eia eia, alalà!» con tutti gli altri. Gli toccò l'odalisca, naturalmente, a lui che le colonie, insomma, anzi, ma insistettero cosí tanto che non poté tirarsi indietro. L'odalisca, strano a dirsi, si chiamava Wanda.

La moglie del federale, che ancora non lo era ma avrebbe deciso di diventarlo quella notte stessa, si chiamava Wanda soltanto da due giorni. Quel nome glielo aveva dato lo studente, e le aveva regalato anche un paio di stivaletti che le stavano stretti sui polpacci e un frustino da cavallo, e poi, con Wanda in piedi sulla sua schiena, in equilibrio sui tacchi alti, si era fatto colpire forte sul sedere. Il guaio fu che durante la notte quei segni rossi che gli attraversavano la pelle si erano infettati e al mattino lo studente aveva dovuto chiamare il dottore. La sera dopo Wanda lo aveva incontrato nella camera dell'alberghetto, vestito, con la sigaretta tra le dita e appoggiato, in piedi, allo schienale della poltrona, perché non si poteva sedere. Le aveva detto che suo padre aveva scoperto tutto, che lo mandava via, in un convitto per universitari, sotto il controllo di un religioso, che lui non l'avrebbe dimenticata mai, davvero, ma che purtroppo basta ed ecco qualcosa per il disturbo. Lei, allora, aveva perso la testa. Sí, perché con lo studente ci andava volentieri e le piaceva, ma soprattutto si era illusa di poterlo sposare. Era stato lui a dirglielo, nei momenti piú intensi, insieme avevano pensato a un nome decente, a un passato decente, maestrina a Taranto, per esempio, emigrata per motivi familiari, in cerca di impiego. Ci aveva creduto, si era immaginata in piedi su di lui nella camera da letto di una casa vera e non in quella di un albergo, e quando lo vide stringersi nelle spalle, tirando una boccata tra le dita ingiallite, alzò il frustino che aveva in mano e lo colpí e continuò a colpirlo, prendendo il nerbo per la punta per picchiare col manico, piú forte, e continuò anche quando lui finí a terra, con le mani aperte sul volto insanguinato, finché non arrivò qualcuno dell'albergo a tirarla via, o l'avrebbe ucciso. La sera dopo fu l'ultima come ballerina di fila. Di quello che era successo, di quello scatto bestiale di violenza, non ricordava quasi nulla, a parte la rabbia e una sensazione amara, come dopo un brutto sogno. Ma il direttore con il foglio di via della Questura in mano, quello era reale e concreto. Nessuno l'avrebbe denunciata, perché non era il caso, però, all'alba, bagagli e via. Intanto, come buonuscita, un ultimo bigliettino. *Esotica odalisca*, per un commerciante di vini.

L'ultima notte in cui fu un commerciante di vini, il federale era troppo ubriaco per fare l'amore normalmente, lui sopra e lei sotto. Cadde in ginocchio davanti a lei appena la vide entrare nella stanza e riuscí soltanto ad abbracciarle le gambe piene, il volto schiacciato contro i veli da odalisca, prima di scuotere la testa e dire «non ce la faccio». A lei non dispiaceva, non era in vena dopo la notizia del foglio di via, cosí lo tenne tra le braccia, a smaltire la sbronza. Lí, vestito, sul letto ancora intatto, stordito dall'odore dolce di borotalco della sua pelle, la guancia sul suo seno che sapeva di latte, si innamorò di lei e lei se ne accorse. Gli raccontò la storia della maestrina di Taranto emigrata per cause familiari che aveva preparato per il padre dello studente e lui ci credette, o finse di crederci. La sera dopo, il federale andò a trovare il cugino che era appena tornato trionfante dalla sua marcia su Roma e gli comunicò che accettava la loro proposta di impegnarsi attivamente nel partito. C'era quell'incarico di sottosegretario del Fascio sull'isola in cui era nato. Non era molto ma gli assicurava un titolo sufficiente a bloccare il foglio di via della Questura e a tenersi Wanda vicina il tempo sufficiente per un fidanzamento decoroso.

Quattro settimane dopo, la maestrina di Taranto e il

suo sottosegretario ex commerciante di vini si sposavano passando sotto i pugnali incrociati di una fila di squadristi in divisa. Il giorno stesso prendevano il vapore per l'isola e la notte facevano l'amore per la prima volta, normalmente, lui sopra e lei sotto.

Ventotto.

Ci sono certi venti che si possono chiamare *gentili*. Sono quelli che soffiano piano ma soprattutto sono quelli caldi. Si avvicinano con un sospiro tiepido e leggero, come il respiro di un amante timido che sussurri prima di appoggiare le labbra alla pelle. Sono le brezze di mare e di monte, il ponente quando l'aria è dolce e il levante, che se è bagnato di pioggia in arrivo è come un secondo bacio, piú intenso e umido di saliva.

Sul Molo Vecchio i venti gentili suonavano piano, scivolavano tra le arcate e le lamine di copertura stendendo un mormorio sottile e sommesso come un fondo di archi, da cui si staccava ogni tanto un violino piú agile o il tocco piú acuto di un triangolo.

Lento, ma regolare come l'asta di un metronomo, l'ufficiale postale oscillava su se stesso, disegnando un angolo stretto.

Ci sono poi certi venti che si possono chiamare *arroganti*. Sono quelli che arrivano all'improvviso, senza pudore, e spingono, scostano con durezza, come se veramente il loro soffio non fosse solo aria in movimento ma un corpo fisico, fatto di materia che ha bisogno di spazio e lo vuole in fretta. Sono venti ruvidi, che non hanno tempo, gonfi e pesanti come mani appoggiate sul petto a spingere lontano, per farsi strada, e si chiamano maestro o maestrale, bora e tramontana. Piú cattivo il libeccio, che prima di arrivare si annuncia con una scarica di raffiche nere, sprezzanti come una risata.

Piú che dal colore o dal loro effetto sul mare o sul suo corpo, l'ufficiale postale li riconosceva dalla voce. Sulla pelle se li era sentiti soltanto le rare volte che usciva dal faro, mai negli ultimi tempi, e vederli scompigliare le onde gli era quasi impossibile, avvolto com'era da quella nebbia biancastra che quasi ogni giorno gli appannava le finestre come vetro smerigliato. Se li riconosceva, se riusciva a immaginarne la consistenza o a ricordarne il carattere, era da come suonavano. I venti arroganti suonavano strumenti a fiato e a percussione. Soffiavano forte dentro un crescendo di trombe, tube e tromboni, e picchiavano a pugni chiusi sulle grancasse e sui tamburi. Martellavano insistenti sulle campane. Da quel sipario di ovatta oltre le vetrate del faro, cosí bianco e cosí vuoto da sembrare abbagliante, arrivava un crescendo di tuoni strappati a forza dagli occhielli dei piloni, di boati schiacciati contro le strutture tese del molo, di strilli scoccati dalle borchie dei tiranti, acuti e veloci come fulmini. Era una sinfonia che montava, che si gonfiava rapida in quel nulla accecante, gli squilli delle trombe che si rincorrevano, arrampicandosi come topi, uno dietro l'altro, sempre piú in alto, il muggito profondo delle tube e dei bassi che si allargava violento come uno schianto, le raffiche acute delle campane e le esplosioni dei tamburi, sempre piú serrate, sempre piú forti, sempre piú veloci, finché il libeccio non sollevava un'onda di mare e la spaccava contro il molo, metallica e schiumosa come un colpo di piatti.

Ci sono certi venti che si possono chiamare *diabolici*. Sono quelli che vengono dall'Africa e si potrebbero anche chiamare *seducenti* o *insistenti* ma diabolici è meglio. Sono venti che fanno impazzire. Sono venti che avvolgono, che soffiano forte, ma invece di spingere sembra che girino attorno. Sono venti caldi, cosí secchi che asciugano la gola o cosí umidi che appiccicano i vestiti addosso. Sono venti che si appoggiano, che pesano sul collo e sulle spalle e intanto soffiano, soffiano e soffiano, insistentemente, anche quando sembra che non lo stiano facendo. Perché sono venti che fingono, che coprono il sole di polvere e sabbia come fosse notte, che sciolgono la neve d'inverno come fosse estate, che riempiono gli occhi e le orecchie, si infilano dentro e svuotano, grattano via il cuore e il cervello, lasciando un involucro inutile, vuoto, ronzante di polvere e mosche.

Alcuni di questi venti l'ufficiale postale li conosceva di persona, come lo scirocco, di altri aveva sentito parlare da chi era ritornato dalla Tripolitania e li chiamava simūn, harmattan e ghibli. E anche un vento del nord, il föhn, portato da chi aveva fatto la guerra sul Carso.

Uno solo dei venti africani arrivava a volte fino all'isola, guidato dalle correnti marine attraverso un buco tra le masse d'aria lungo e stretto come un corridoio. Era il khamsīn, il vento nero e rovente che aveva portato le tenebre in Egitto ai tempi di Mosè.

Il khamsīn suonava il flauto. Era un flauto a due canne, una piú bassa e l'altra piú acuta ma sempre insinuante e sottile. Le note sibilavano rotonde e leggere, volavano attorno, giravano veloci ma ogni tanto ne usciva una diversa, disarmonica e dissonante, che restava sospesa nell'aria come un granello di polvere.

Gli altri venti diabolici suonavano i violini. Ma non piano, in sottofondo, li suonavano forte come solisti, compatti e insistenti come uno scroscio di pioggia, vibranti come fiamme, sempre piú intensi, piú stretti e piú acuti, e anche tra quelli ce n'era qualcuno che si alzava, che usciva, storto, inclinato dalla parte sbagliata, pungente come uno spillo dimenticato.

Si avvicinavano dal nulla anche ora, invisibili in quella nebbia luminosa, sbattevano contro la vetrata opaca del faro e schizzavano via come scintille bianche, mentre l'ufficiale postale oscillava, lentamente. Oscillava piano come un metronomo, pianissimo, mentre i venti suonavano sempre piú mossi e veloci. Come un metronomo rovesciato, perché non era la testa, in alto, che si muoveva a destra e a sinistra mentre la base restava agganciata al perno, ma erano i piedi a disegnare un angolo con una linea corta e leggermente curva.

Chiuso nella torretta del faro, sigillata dalle vetrate e impermeabile ad ogni spiffero d'aria, non c'era ragione per cui l'ufficiale postale, appeso per il collo a una trave del soffitto, non dovesse rimanere immobile come un filo a piombo in un cono sottovuoto, eppure oscillava.

Ventinove.

– È la seconda volta che vi trovo vicino a un morto ammazzato.
– È la seconda volta che mi capita. Che cosa volete che vi dica... sarà il mio karma.

L'ufficiale postale aveva smesso di oscillare, abbracciato stretto per le gambe dal brigadiere che in piedi sul tavolo aspettava di farselo ricadere addosso, mentre una camicia nera arrampicata sulla trave segava la corda con un coltello.

Appena aveva saputo della morte dell'ufficiale, Mazzarino era corso al faro con due militi e aveva insistito col commissario per entrare a dare una mano. In quel momento si aggirava per la stanza spiando in ogni angolo, inquieto e frenetico come un cinghiale in un campo di patate.

L'inglese gli lanciò un'occhiata indifferente, prima di tornare con lo sguardo al corpo dell'ufficiale che si era staccato dalla trave e si era piegato sulla spalla del brigadiere come un sacco, con un tonfo rigido che lo aveva fatto barcollare.

– Non crederete che sia stato io ad appenderlo lassú, – disse l'inglese. – Come avrei potuto? Sono alto la metà di quest'uomo... ma forse pensate che abbia un complice. Martina o mia moglie, perché a parte voi sono le uniche persone che conosco su quest'isola. Togliamo Martina, che è troppo gracile. Resta mia moglie. Lei sarebbe abbastanza alta e forte da aiutarmi, non pensate?

– Smettetela. Io non penso niente, – disse il commissario. Il corpo caldo e snello della moglie dell'inglese gli era tornato in mente con tanta forza da stringergli lo stomaco.

Il brigadiere aveva appoggiato l'ufficiale sul pavimento. Si era piegato sulle ginocchia fino a metterlo a sedere e poi lo aveva trattenuto per la corda perché non crollasse sulla schiena. Quando toccò le assi del pavimento con la nuca, il cadavere voltò la testa verso il commissario, che distolse lo sguardo e fissò Mazzarino. Sembrava che non ci fosse altra possibilità in quella stanza, o guardare l'ufficiale morto o guardare Mazzarino.

– Cercate qualcosa, capomanipolo? – chiese il commissario. – Quello che trovate è di pertinenza della Questura, non dimenticatelo.

– Io non cerco niente, – ringhiò Mazzarino. – Guardavo solo se c'era una lettera o un biglietto d'addio –. Rimise sul piano del tavolo il quadernetto nero dei telegrammi che aveva cominciato a sfogliare e congiunse le braccia sul torace, alzando il mento. – Piuttosto, perché non chiediamo a questo bel tomo cosa ci faceva qui?

– Sono venuto a fare un telegramma, – disse l'inglese. Infilò una mano nella tasca della giacca e sfilò un foglietto piegato in due. Mazzarino fece un passo avanti, tendendo la mano, ma l'inglese porse il foglio al commissario, che lo prese con due dita.

– Uno dei vostri soliti telegrammi, – disse. – Posso sapere a chi li mandate?

– *Posso*? – disse Mazzarino. – Quanti riguardi, Eccellenza...

– Li mando a un fermoposta del continente.

Il commissario annuí. Lo sguardo gli cadde di nuovo sul cadavere e di nuovo voltò la testa. L'ufficiale postale aveva un occhio aperto e uno socchiuso e un grosso livido violaceo e nero all'angolo della bocca, dove doveva essersi morso la lingua.

– Non abusate della mia pazienza, per favore, – disse guardando Mazzarino, ma era facile capire che si rivolgeva all'inglese. – Il capomanipolo ha ragione... *posso* è soltanto un riguardo dovuto alla cortesia. In realtà *voglio* sapere a chi li mandate.

– A un amico. A un cittadino straniero di nazionalità inglese... inglese per davvero. Non conosco il suo attuale indirizzo, ma so che in questo periodo passerà dalla città del fermoposta e cosí gli mando un messaggio ogni giorno, sperando che riesca a leggerlo.

– Come si chiama questo straniero? – chiese il commissario.

– Crowley. Aleister Crowley. Ma io lo chiamo il Maestro.

– Maestro di che? Di ballo? – chiese Mazzarino.

L'inglese sospirò. – Si occupa di filosofia, – disse, sempre rivolto al commissario. – Ricerche filosofiche. Su testi molto antichi. Non è una spia, se è questo che pensate.

– Io non penso nulla, ve l'ho detto.

Il brigadiere si avvicinò al commissario e gli porse un quadernetto nero. Era identico a quello che c'era sul tavolo, davanti al telegrafo, e doveva averlo trovato nel gilet dell'ufficiale, dal momento che l'ultima volta che aveva guardato il cadavere era proprio lí che aveva visto il brigadiere, chino a frugare nelle tasche del morto.

– Cos'è? – chiese Mazzarino, curioso. – Cos'è?

Il commissario prese l'altro quadernetto dal tavolo del telegrafo. Stessa copertina nera e granulosa, stesso elastico rosso a stringerne le pagine. E dentro, stessa calligrafia inclinata e stesse parole graffiate sui quadretti con una matita a mina dura.

– Pertinenza della Questura, – disse il commissario, infilando i quadernetti nella tasca del panciotto. – Il dottore non arriva?

– Ha detto che non ce n'è bisogno, – disse il brigadiere, – che si capisce che è un suicidio e che siete autorizzato anche voi a constatare il decesso. Lui ha da fare in paese con una peritonite acuta.

Valenza, pensò il commissario, e lo disse prima ancora di riuscire a trattenersi.

– Valenza. Dov'è Valenza?

Mazzarino strinse i denti, abbassando il mento sul petto come un cinghiale pronto a caricare.

– Pertinenza della Milizia. Sta in galera per indisciplina e la cosa non vi riguarda, Eccellenza –. Alzò un dito e lo fece girare in aria, seguendo il perimetro della cupola. – Pertinenza della Questura, – disse, poi abbassò il dito e lo puntò fuori della vetrata, sul nulla bianco, dietro al quale, da qualche parte, doveva trovarsi la Cajenna: – Pertinenza della Milizia.

Il commissario annuí ancora, e anche questa volta evitò di guardare il cadavere. Lo indicò al brigadiere.

– Mettiamo anche questo in ghiacciaia, – disse. – Fatti aiutare da qualcuno. Se la Milizia ha cosí voglia di dare una mano...

– La Milizia può fare di meglio, – ringhiò Mazzarino. Afferrò un braccio del commissario e lo strinse tra le sue dita tozze e nere. Il commissario si irrigidí, la schiena inarcata da un brivido di paura, paura fisica, quando Mazzarino avvicinò il volto al suo. Ma il tono della voce, le narici che si stringevano invece di allargarsi feroci e gli occhi, socchiusi con malizia, gli fecero capire che quella era una confidenza e non un'aggressione.

– Venite fuori con me e vi dirò una cosa, Eccellenza. Una cosa importante.

Non ebbe il tempo di rispondere. Mazzarino scostò l'inglese con una spinta e uscí dal faro. Il commissario avrebbe potuto non seguirlo, ma avrebbe dovuto puntare i piedi e divincolare il braccio, perché Mazzarino continuava a stringerlo. Non lo fece e uscí con lui.

Sul molo il vento non si era ancora calmato. Il libeccio martellava cupo le strutture e ogni tanto rompeva il rullio con un colpo metallico che riempiva la nebbia di spruzzi. Il commissario vide che Mazzarino sorrideva e quel sorriso gli fece paura. Gli fece pensare per un momento che il capomanipolo avrebbe potuto sollevarlo, prenderlo per le gambe e buttarlo in mare. Era un pensiero assurdo, non c'era ragione che lo facesse, eppure trovarsi lí, da solo, davanti a Mazzarino che sorrideva feroce, gli mise addosso un terrore assoluto. La nebbia che li avvolgeva bianca e soda come chiara d'uovo sembrava modellarsi attorno al corpo tarchiato del capomanipolo, disegnandone il contorno invece di velarlo, come faceva con il suo.

– Finché il Duce rispetta il Re, – disse Mazzarino, – io rispetterò il suo commissario. Per questo tra un attimo tornerò a chiamarti Eccellenza, come vuole il Duce. Ma adesso ti dico questo, brutta carogna di uno sbirro: stai per fare la figura del coglione.

Aveva capito *fine*, la *fine* del coglione, e di nuovo la paura gli gelò la schiena. Poi l'eco che gli ronzava muta nella memoria recuperò la parola giusta, *figura*, e allora corrugò la fronte incuriosito.

– Che intendete... – iniziò, ma Mazzarino lo interruppe avvicinandosi. Non c'era parapetto alle sue spalle, cosí il commissario non poté indietreggiare e Mazzarino arrivò quasi a sfiorargli il naso con la fronte.

– La Milizia ha fatto le sue indagini. Infallibile zelo fascista, sbirro... te l'avevo detto. Conosco quest'isola meglio di te e ho qualcuno che mi racconta le cose. Mi manca solo una notizia, una sola... – si alzò sulle punte per arrivare con la fronte a quella del commissario, – e avrò in mano la spiegazione di tutta questa storia. E allora sai che faccio, sbirro? La prendo e te la sbatto in faccia! – E lo fece, lo colpí sulla fronte con una testata corta e secca che gli risuonò acuta dentro il cranio. Poi Mazzarino scese sui talloni e si lasciò inghiottire dalla nebbia.

– Stai pronto, sbirro, – gli disse mentre si allontanava, invisibile. – Stai per fare la figura del coglione!

Trenta.

A volte, là in Sicilia, quando faceva molto caldo, sorella Cypris e la moglie dell'inglese uscivano dalla villa per andare a comprare della frutta. Se attraversavano la piazza del paese, non ce n'era uno, di quegli uomini baffuti e bruni fermi davanti al caffè, che non gli appiccicasse gli occhi sulle gambe nude, occhi taglienti di desiderio ma anche di sottile riprovazione. Non erano vestite da femmine, dicevano gli uomini bruni, e anche le donne nere, che si affrettavano a chiudere le persiane quando loro passavano con le ceste piene di limoni e di arance che brillavano sotto i raggi a picco del sole con colori cosí vivi che guardarli faceva male agli occhi. Calzoni corti da militare, calzettoni rimboccati sul polpaccio, sandali e una camicia da uomo stretta in vita da un nodo, la moglie dell'inglese si vestiva cosí anche quando andava a raccogliere fiori nella villa in campagna degli zii, ma lí a Cefalú, sulla costa settentrionale della Sicilia, dava quasi scandalo. Forse era per quello, per dare un po' di scandalo, che quando passava davanti al sagrato della chiesa sorella Cypris prendeva un'arancia dalla cesta e chiedeva al primo uomo bruno che incontrava di aprirgliela in due con il suo coltello, e lí cominciava a succhiarne la polpa, grattandola dalla buccia con i denti, una gamba alzata sui gradini e la coscia umida di succo lucente e appiccicoso. Poi, appena vedeva l'uomo tendere le labbra in una risata nervosa e ansimante di desiderio, smetteva all'improvviso, cingeva con un braccio il fianco della moglie dell'inglese, se la stringeva addosso e se ne andava assieme a lei.

A Loveday certe cose non piacevano. Diceva che forse era meglio non tirare troppo la corda, che si trovavano in un paese straniero e che lo scandalo poteva nuocere a tutti, ma il Maestro diceva che erano lí proprio per quello, che *Fai quello che vuoi* era la Legge e che lo scandalo era il minimo per un gruppo di eccentrici inglesi che vivevano in un'abbazia. Loveday, diceva il Maestro, era ancora troppo convenzionale, ancora poco illuminato. E poi, lí a Thelema, era l'ultimo arrivato.

Una volta la moglie dell'inglese lo sentí parlare con suo marito. Sedevano sullo scalino di pietra sotto l'altare esagonale e non si erano accorti di lei perché si era tolta i sandali e i calzettoni e si era avvicinata in punta di piedi. Non lo aveva fatto apposta per non farsi sentire, poco prima aveva corso sulla riva del mare con sorella Cypris e in quel momento si divertiva a guardare come, sollevata sulle dita in quel modo, le impronte umide e sabbiose che lasciava sul marmo del pavimento fossero tronche come quelle di un gatto, di un cane o di un lupo.

Loveday stava dicendo all'inglese che non avrebbe potuto fare certe cose con lei perché gli ricordava sua moglie. Non con lei. Non con *un'altra*. L'inglese aveva risposto che lei non era *un'altra*.

– Loveday, amico mio, – gli aveva detto, – lei non è una donna, una donna in carne e ossa. È un *succube*, un demone che ha assunto sembianze femminili per unirsi sessualmente agli uomini. Loveday, amico mio, – aveva detto, – l'ho evocata io durante un sabba, un anno fa –. E Loveday aveva detto: – Santana, ti prego.

Alla fine, anche Loveday ce l'aveva fatta. Seduti faccia a faccia sull'altare esagonale, le gambe aperte allacciate attorno ai fianchi, abbracciati stretti a premersi con i talloni l'uno dentro l'altra, avevano guizzato veloci come le fiamme delle candele riflesse sulla loro pelle nuda e lucida di sudore, osservati dagli sguardi accesi del Maestro, dell'inglese e di tutti gli altri. E alla fine anche Loveday, come il Maestro, come tutti quelli prima, a Londra, il banchiere, l'archeologo, il funzionario delle colonie, come anche l'inglese stesso, sembrò dimenticarsi di lei. Quasi che dopo quel primo momento di desiderio, di imbarazzo e di passione, rimanessero solo le implicazioni di quello, e lei, lei in quanto lei, svanisse nell'aria, come un sogno notturno alla mattina.

Forse sono davvero un succube, aveva pensato seduta sul divano di broccato rosso della sua camera da letto a Thelema, le gambe sollevate, piegate assieme sotto le anche, la testa inclinata su una spalla e un'onda di capelli tagliati alla maschietta che le era ricaduta su una guancia, a coprirle anche gli occhi. *Forse davvero non sono mai esistita.*

A questo pensava la moglie dell'inglese alzandosi dal divano di vimini intrecciato della sua camera da letto sull'isola, e chiudendo gli occhi in una tristezza che non provava da tempo immergeva le dita nell'acqua di un catino per lavarsi le mani, aspettando che l'inglese tornasse dal paese, dove aveva portato a riparare il violino. Per un momento, un momento solo, la sfiorò il ricordo del commissario, del suo desiderio e del suo imbarazzo, ma fu solo un attimo, tiepido e veloce come le gocce che le scorrevano tra le dita, perché era sicura che, in un modo o nell'altro, anche lui l'avesse già dimenticata.

Trentuno.

– Che succede qui?
C'era una camicia nera accovacciata sulle ginocchia al centro del suo soggiorno. Faceva scorrere la mano sulla gamba nuda di Martina e non si era neppure voltata quando il commissario era apparso sulla porta. Martina alzò gli occhi, invece, sorridendo perché la mano ruvida del miliziano le faceva il solletico.
– Che succede? – ripeté il commissario.
La camicia nera si alzò, continuando a far scorrere le dita sulla gamba della ragazzina. La sottana del grembiule ricadde sulle cosce di Martina, dopo aver scoperto per un momento il profilo scuro delle natiche e una macchia piú chiara e stopposa, in cima alla linea ossuta delle gambe unite.
– Mi manda il capomanipolo Mazzarino, – disse la camicia nera.
– Ti manda a toccare le gambe della mia servetta?
Il miliziano sorrise. Aveva la mascella storta, piegata da una parte da quella che poteva sembrare una paresi. Il sorriso che gli si aprí sui denti era ad angolo retto.
– No, Eccellenza, – disse. – C'è un telegramma per voi.
– E me lo manda il capomanipolo il telegramma?
Il miliziano sorrise ancora. Aveva una specie di ciste sotto lo zigomo che gli deformava il volto, alzandogli una guancia. Oltre alla bocca, anche gli occhi sembravano ad angolo retto quando sorrideva.
– No, Eccellenza. Nel manipolo abbiamo un camerata

che faceva il marconista durante la guerra. Adesso il telegrafo lo manda avanti la Milizia.

Ma bene, pensò il commissario.

– Anzi, – il miliziano corrugò la fronte, come se si sforzasse di ricordare, – il capo dice se gli ridate quei taccuini dei telegrammi, adesso che il telegrafo è nostro, che cosí continuiamo a segnarli noi.

– Pertinenza della Questura, – disse il commissario. Tese la mano a palma in su e quando vide che il miliziano lo guardava perplesso e storto mormorò: – Dov'è questo telegramma? Ve li fa imparare a memoria il vostro capomanipolo?

– Oh, – disse la camicia nera. Si affrettò a frugare nella tasca dei calzoni, estrasse un foglietto accartocciato e lo porse al commissario.

Era un altro telegramma del Ministero degli Interni. Direzione del Personale.

Diceva: *Nuova destinazione pronta. Provvedere trasferimento entro max giorni tre.*

Sul momento, al commissario non venne in mente sua moglie, ma i tre cadaveri nella ghiacciaia dei pescatori. Sul momento non immaginò Hana sul ponte del vapore, aggrappata alla ringhiera di prua, che si voltava sorridendo verso di lui perché il vento salato la costringeva a schiacciarsi il cappello sulla testa. Sul momento gli vennero in mente Zecchino, l'ufficiale postale e Miranda stesi sul ghiaccio, azzurri e nudi, e poi anche suo padre, vestito di nero, sul broccato rosso del letto di morte.

Il Senso dello Stato.

Cosa chiedeva il Senso dello Stato? Obbedire al telegramma del Ministero e partire per la nuova destinazione entro max giorni tre? O terminare le indagini? L'accertamento della verità. La persecuzione del reo. Tre cadaveri nella ghiacciaia. Solo allora al commissario vennero in mente Hana e il suo cappello piegato dal vento.

– Il capomanipolo si congratula con l'Eccellenza vostra,

– disse la camicia nera. – Dice che quando partite vi accompagna lui personalmente al vapore militare, con la lancia della Milizia. Voi e la vostra signora. E con molto piacere.

– Non ne dubito, – disse il commissario.

Il miliziano si voltò verso Martina, che aveva smesso di ascoltarli fin dalle prime parole e aspettava solo che il commissario le dicesse di andare a casa. Immobile e indifferente, guardava il cavallo teso dei calzoni alla zuava della camicia nera, che sorrise quando se ne accorse, storto e nervoso.

– Fuori, – disse il commissario. – Ringrazia il capomanipolo e digli che non mancherò, ma adesso fuori –. Agitò la mano, spazzando l'aria con le dita, piú veloce quando la camicia nera si fermò sulla porta a gridare: – Saluto al Duce –. Ma bloccò la mano appena Martina si mosse.

– No, tu no. Aspetta un momento.

Perché aveva detto a Martina di rimanere? Se lo chiese mentre entrava in camera, infilando il telegramma nel taschino del panciotto e spingendolo in fondo con la punta di un dito. Poi si accorse che Hana lo stava guardando e si vergognò di quel gesto.

– Era un miliziano, – disse tanto per dire qualcosa, ma Hana continuò a fissarlo, seduta sul bordo del letto, le mani strette una sull'altra. Non poteva averlo visto, non poteva sapere cosa avesse nascosto in tasca eppure sbatté le palpebre nella penombra. Disse: – Tu non vuoi partire.

– Io? – disse il commissario. – Non è vero... Perché dici questo? – Istintivamente mise una mano sul taschino, infilandoci dentro le dita.

– Tu non vuoi partire. Tu non vuoi andartene. Se lo volessi avresti già preparato la valigia come ho fatto io. Se lo volessi parleresti sempre del viaggio, come faccio io, e della casa nuova e del paese nuovo, come faccio io...

Stava alzando la voce. Ogni parola suonava piú acuta e pungeva un po' piú di quella prima. Stava per mettersi a urlare, come non faceva piú da tempo, come una volta, quando si impigliava in un pretesto, ci si aggrappava, insisteva con i pugni chiusi, come i bambini, finché non cominciava a gridare cosí forte che bisognava abbracciarla, stringerla e schiacciarle la bocca aperta contro il petto perché smettesse, contro la stoffa della camicia che diventava calda e bagnata.

Il commissario si mosse in fretta. Si avvicinò e si piegò in ginocchio, sfilando il telegramma dal taschino.

– No, no, aspetta... – disse infilandoglielo tra le mani. – Guarda cos'è arrivato... volevo dirtelo dopo, volevo farti una sorpresa, guarda...

Si sedette sui talloni e rimase a osservarla mentre apriva il telegramma. La vide sorridere ancor prima di socchiudere le palpebre per riuscire a leggere nella penombra. Allora sospirò. Prese una pantofola che era scivolata sul pavimento e gliela infilò nel piede che penzolava oltre il bordo del letto. Era ghiacciato e sentí che lei ne arcuava la pianta per tenere la pantofola in equilibrio sulle dita.

– Partiamo subito, – disse lei, – ora.

– Aspetta un momento...

– Perché?

– Devo lasciare le consegne, preparare l'ufficio... non posso lasciare tutto cosí...

– Perché?

– Ci sono affari in sospeso... C'è una cosa che devo fare... che devo chiudere.

– Perché?

Stava alzando la voce, ancora. Lui allungò una mano per toccare le sue, ma lei fraintese il gesto. Strinse il telegramma tra le dita e se lo premette contro il ventre, nascondendolo, quasi, sotto la vestaglia. La pantofola le scivolò di nuovo dal piede.

– Solo una cosa, Hana, una sola. Mi basta un giorno e poi partiamo. Domani... no, dopodomani, entro i termini del telegramma.

C'era un raggio di luce che filtrava tra le persiane serrate di una finestra. Era una luce bianca e polverosa e, data l'ora, doveva essere un raggio di luna. Tagliava la penombra e passava attraverso la punta del piede nudo di Hana, la toccava sull'unghia dell'alluce, che cosí sembrava trasparente, come fatta di ghiaccio. Il commissario allungò una mano e le coprí le dita da quella luce fredda. Le sollevò il piede, stringendoselo al petto.

– Vedrai, Hana, vedrai... – mormorò, ma lei non lo lasciò continuare. Lo spinse via con il piede, forte, tanto da farlo cadere indietro, seduto sul pavimento, poi rapida tirò le gambe sul letto e scivolò lungo la coperta, fino a scendere dall'altra parte.

Là, incastrato nell'angolo del muro, c'era il grammofono. Il commissario lo sentí prima ancora di riuscire ad alzarsi, le mani appena appoggiate al pavimento freddo. Sentí la manovella che cigolava metallica nella cassa e sentí il piatto che iniziava a girare, scricchiolando. Sentí la gommalacca crepitare sotto la puntina.

Fra i tanti amici miei ci sta un amico
e ve lo dico
è Ludovico...

Si alzò senza guardarla. Le voltava le spalle, una mano sulla maniglia della porta. Sapeva che non si era mossa, che non era andata a sedersi sulla sedia, a fissare la polvere. Sentiva gli occhi di Hana sulle sue spalle, minacciosi come un avvertimento.

– Dopodomani, Hana, – disse forte, per coprire *Ludovico*. – Te lo giuro, dopodomani sul ponte del vapore.

Lei non si mosse. Non avrebbe potuto sentirla con il grammofono in funzione ma sapeva che era ancora là, a guardarlo minacciosa. Allora aprí la porta e uscí dalla camera.

Fuori, nel soggiorno, Martina era ancora ferma ad aspettarlo, nella stessa posizione, la sottana ancora un po' rialzata sulla coscia, come impigliata. Il commissario evitò di guardarla.

– Puoi andare a casa, – le disse. – Ma prima passa dal brigadiere. Fallo venire qui, di corsa. E digli che si porti un fischietto.

Trentadue.

In realtà, l'idea di come risolvere concretamente la questione del telegramma l'aveva avuta Miranda. Era lui che aveva scrollato le spalle, aveva sputato il filo d'erba che stava masticando e aveva detto: – Il telegrafo.

Era notte, e lui e Mazzarino erano saliti fino alla scogliera per tirare ai gabbiani in volo. Di solito i gabbiani non volano col buio, ma lí era diverso. Lí, in quella rada circolare scavata nel fianco dell'isola come un fiordo a forma di tenaglia, il sole restava a illuminare il mare anche molto tempo dopo che era tramontato. Non era la luce gialla del giorno vero, era quella rossiccia del crepuscolo, ma continuava a brillare lo stesso, assorbita da migliaia e migliaia di meduse che galleggiavano a pelo d'acqua e la restituivano ingigantita dai cristalli di sale incastonati negli scogli, come se il tramonto, al momento di scivolare nel mare, fosse stato afferrato da quella tenaglia di roccia e tenuto stretto, fin quasi all'alba.

– Dicono che non si spara ai gabbiani perché sono le anime dei marinai morti, – aveva detto Miranda la prima volta che erano saliti fin là con i fucili in mano.

– È proprio questo il bello, – aveva detto Mazzarino. – Cosí muoiono due volte.

Non sparavano a tutti i gabbiani. Per un tacito accordo che era nato cosí, per consuetudine, tiravano solo a quelli che volando sulla scogliera illuminata finivano per trovarsi inquadrati in un semicerchio di pietra sgranocchiato dal vento. Quell'arco quasi a picco sugli scogli doveva essere tutto quello che era rimasto di un edificio, forse una casa, un tempio o un magazzino, costruito molto tempo prima e franato in mare assieme a parte del terreno. Il fatto che quel rudere se ne stesse in piedi da solo, in cima a un fosso, a chiudere l'orlo di un buco, e non avesse dietro erba o roccia che si intravedessero a guardarvi dentro ma soltanto cielo e mare che si confondevano assieme sia di giorno che di notte, creava uno strano effetto ottico. Sembrava che in quella cornice non ci fosse nulla, nessun mare e nessun orizzonte e nessuna terra lontana, nessun continente, ma solo un infinito color piombo. E a guardare dall'altra parte, a girare attorno all'arco tenendosi stretti alla pietra per non cadere di sotto, succedeva la stessa cosa, ma al contrario: non era piú il mondo a sparire, ma l'isola. Come se non fosse mai esistita.

– Il telegrafo è l'unico collegamento dell'isola con il resto del mondo, – aveva detto Miranda. – Bisogna convincere l'ufficiale postale –. E Mazzarino aveva grugnito, stirando le labbra: – Si convince, si convince.

Quando i gabbiani salivano dalla scogliera al pezzo di infinito inquadrato dall'arco, le ali spiegate per resistere alla pressione del vento e il becco teso in avanti, a bucare l'aria, sembravano fermi come sagome di un tiro a segno. Era allora che gli sparavano, e quando li colpivano quelli serravano le ali e cadevano giú senza un grido, sparendo dal cielo come se non fossero mai esistiti.

– C'è il segretario richiamato a Roma, – aveva detto Miranda, – e il commissario che va in pensione.

– Convinceremo anche quelli.

– Già, – aveva sorriso Miranda. – Con la Littorio.

Mazzarino lo aveva guardato mentre si stendeva sull'erba, le mani intrecciate dietro la nuca e un altro filo d'erba tra i denti. Non era stupido, Miranda. A differenza di quegli animali che aveva nel manipolo, che pensavano, agivano e sentivano in completa dipendenza da lui, come se fossero un'emanazione fisica del suo corpo, Miranda non era stupido. Lo aveva guardato sospirare, gli aveva visto il petto liscio e ampio sollevarsi sotto la camicia nera sbottonata fino al ventre piatto stretto dal cinturone. Era bello, Miranda, piaceva a tutte le donne, e non era stupido. Ma era completamente privo di emozioni e di passioni, completamente privo di qualunque tipo di ambizione. Sarebbe rimasto camicia nera semplice in qualunque posto lo avessero messo, per sempre e dovunque, a vivere secondo dopo secondo, e neanche di corsa, inseguendo l'attimo, e neppure camminando, ma standosene fermo, sdraiato sulla schiena, a masticare un filo d'erba.

– Il sottosegretario non è un problema, – aveva detto Mazzarino, – quello è una mezza sega e si convince anche senza la Littorio. Come va con quella troia di sua moglie?

Miranda aveva spinto il filo d'erba in un angolo della bocca, con la lingua, e aveva sorriso. – Benone. Le ho raccontato che ho una promozione in vista e che la porterò via da qui. Non ce n'era bisogno, l'hai detto tu, quella è una gran troiona... l'ho fatto per dare alla cosa un po' di fuoco.

– Il commissario dice che quello che arriverà a sostituirlo è un po' carogna, ma è abbastanza giovane. Ha una mogliettina carina.

Miranda aveva sorriso ancora e il filo d'erba gli era sfuggito dalle labbra. – Sistemeremo anche lei, – aveva detto e Mazzarino aveva grugnito, annuendo.

– Ti do il doppio se ti fai la moglie di quella carogna di sbirro.

Trentatre.

Se era stata la luna a illuminare la penombra della stanza del commissario, qualcosa doveva averla inghiottita perché fuori non c'era piú. Una nuvola scura e spessa come uno strato di vernice, o un banco di foschia solido come una lastra di vetro affumicato. Oppure il vento, che in quel momento sembrava soffiare verso il cielo. Forse era stato quel vento nero e forte a spingere la luna sempre piú indietro e sempre piú lontana, fino a farla sparire nello spazio.

Vicino alle case, la luce che brillava dietro le finestre socchiuse rischiarava il sentiero, ma appena erano usciti dal paese il brigadiere aveva dovuto accendere la lanterna e tenerla in basso per illuminare la strada. Camminava piano, il brigadiere, come se trattenesse i passi, e il commissario lo aveva superato già due volte e alla terza era rimasto avanti, a indovinare le buche e i dossi del sentiero dai guizzi delle ombre rosse della lanterna. Camminava piano, il brigadiere, perché aveva paura.

Stavano andando alla Cajenna.

Il buio, lí in aperta campagna, era fittissimo. Il commissario camminava a caso, dritto davanti a sé, strisciando le suole delle scarpe sull'erba e sui ciottoli polverosi, seguito dal brigadiere che un po' aveva cominciato ad affrettarsi e aveva anche aperto lo sportellino della lanterna, ma non bastava. All'improvviso si trovarono di fronte il portone della Cajenna, come se fosse apparso dal nulla, nero come il buio che lo circondava e cosí alto da troncare il fiato.

Il commissario si bloccò. Sentí la mano del brigadiere nella schiena, anche il calore della fiamma della lanterna che gli scivolava in un guizzo sulla stoffa della giacca: – Eccellenza, mi scusasse –. Aspettò che le ombre rosse del carburo smettessero di ondeggiare sul portone e si fermassero, lunghe e appuntite, come dipinte sul legno nero. Allora strinse il pugno, alzò il braccio come se tenesse in mano un martello e con tutta la forza che aveva nella spalla colpí il portone, e continuò a colpirlo.

Gli aprí il miliziano dalla faccia storta che lo fissò stupito, con gli occhi spalancati.

– Cerco il capomanipolo Mazzarino. C'è?

Il miliziano annuí e il commissario lo costrinse con una spinta a farsi da parte prima che riuscisse ad aprir bocca. – Portami da lui, – disse e si avviò deciso verso il cortile della Cajenna, seguito da quello strano corteo in fila indiana. Dietro il brigadiere che doveva illuminargli la strada, ancora piú indietro il miliziano che doveva mostrargliela e davanti a tutti lui, con un pugno chiuso che ondeggiava lungo la gamba e l'altro stretto nella tasca della giacca. D'istinto, puntò dritto verso una palazzina nera che si intravedeva nel buio incastrata tra le mura, forse perché era piú nera delle altre o forse per quell'abbaiare di un cane che aveva cominciato a sentire mentre si avvicinava. A pochi metri dall'ingresso, il miliziano lo superò di corsa, gli passò davanti ed entrò nella palazzina, lasciando la porta aperta. Sparí inghiottito da un corridoio cieco sul quale si apriva una serie di porte, piccole e arrotondate come buchi di tane, una accanto all'altra, sui due lati. Dal fondo veniva la voce del miliziano, «Capomanipolo! Capomanipolo!», e un latrare di cani, forte e improvviso, che bloccò il brigadiere e il commissario all'imboccatura.

Il corridoio era buio, rischiarato appena dalla luce della lanterna del brigadiere, e il commissario fece fatica a distinguere la sagoma del capomanipolo Mazzarino che sbucava da dietro una porta e si avvicinava curvo in avanti, con le braccia larghe sui fianchi e pestando i piedi, come se marciasse. Ogni volta che passava davanti a una coppia di porte allungava le braccia e colpiva il legno con i pugni, a destra e a sinistra, contemporaneamente, e ogni volta due camicie nere uscivano dalle tane e gli si attaccavano alle spalle, avanzando assieme a lui, e ogni volta i cani sembravano latrare piú forte, rochi e furiosi. Ad ogni passo il capomanipolo si faceva sempre piú vicino, ad ogni colpo che risuonava nel corridoio come un'esplosione nuove teste si aggiungevano alla sua, tanto che quando gli fu davanti, naso contro naso, al commissario parve che il capomanipolo avesse un corpo enorme, ingigantito dalle ombre della lanterna che fondevano assieme tutte quelle camicie nere strette l'una sull'altra, un corpo enorme con decine di teste che si agitavano furiose e frenetiche sulle spalle di Mazzarino e fissavano il commissario con le bocche spalancate e gli occhi infiammati, i lineamenti distorti dai riflessi rossicci della fiamma. E dietro a quel mostro a piú teste, come se fosse lui stesso a produrli e a riempirne il corridoio, quei latrati, feroci e impazziti.

– Vergine santa, – mormorò il brigadiere. Il commissario deglutí e strinse ancora di piú la mano nella tasca.

– Cosa sei venuto a fare, sbirro? – ruggí Mazzarino, soffiandogli sulla faccia. Sulle sue spalle le teste si agitavano, ripetendo le sue parole, «sbirro, sbirro», e moltiplicandole in un'eco corta e ringhiosa.

– Il professor Valenza. Sono venuto a prenderlo.

– Perché Valenza?

...Valenza. Perché, perché...

– Perché mi serve.

– Ti serve, sbirro? E perché?

...Perché, sbirro, perché...

– Pertinenza della Questura. Capomanipolo, qui dentro voi siete il padrone, ma sull'isola sono io il massimo rappresentante dello Stato per quanto riguarda gli affari criminali. Sua Eccellenza il Duce è subordinato alla Corona, per cui se voi parlate a nome di Mussolini, io parlo a nome del Re. Valenza mi serve. Datemelo e me ne vado.

Mentre lo diceva aveva dovuto alzare la voce perché il latrare dei cani si era fatto assordante, ma era riuscito ugualmente a mantenere un tono calmo e deciso. Mazzarino, invece, aveva dilatato le narici, scoprendo i denti di tutte le teste che si agitavano, si fissavano sbalordite, e fissavano il commissario, ringhianti e furiose.

– Se no che fai?
...Che fai, che fai...
– Se no che fai, sbirro?
...Sbirro, sbirro...
– Ci arrestate tutti, tu e il tuo brigadiere da soli? Non farmi ridere!
...Ridere! Ridere!...

E rise con tutte le sue teste, con tutte quelle bocche spalancate che ululavano, tutte quelle gole che si gonfiavano e sputavano e tossivano, convulse e impazzite, un riso feroce, di denti pronti a mordere, che riempí quel corridoio buio e stretto come una caverna, risuonando cosí forte da coprire anche il latrato dei cani.

Il commissario sfilò la mano dalla tasca con un gesto cosí rapido che una delle teste di Mazzarino abbassò lo sguardo, socchiudendo un occhio, e sibilò: – Ha una pistola!

Non era una pistola, era un fischietto di metallo. Il commissario se lo mise in bocca, ci strinse attorno le labbra, gonfiando le guance, e soffiò con tutto il fiato che aveva nei polmoni. Fu un fischio talmente acuto e lungo da sembrare solido come una cappa d'argento che si fosse improvvisamente materializzata sul soffitto e lungo le pareti del corridoio, talmente veloce che anche il suono sembrava essere in ritardo su se stesso. Le teste di Mazzarino smisero di ridere, di colpo, e si abbassarono sulle spalle, come schiacciate da qualcosa. Il brigadiere fece un salto indietro e quasi perse la lanterna. Mazzarino sembrò pietrificarsi, le narici dilatate e i denti stretti, la maschera di bronzo di un demone dalla faccia di cinghiale e gli occhi insanguinati.

Il fischio lasciò il commissario con una sensazione di metallo freddo in fondo al palato a solleticargli la gola, tanto che subito non riuscí a parlare. Cosí fu il capomanipolo a riprendersi per primo.

– Sei impazzito, sbirro?

– No. Sono il responsabile dell'ordine pubblico sull'isola e come tale ho la facoltà di mobilitare tutte le forze armate presenti. Adesso siamo solo io e il brigadiere ma domani sera, quando arriva il vapore militare, ci saranno tutti i marinai dell'equipaggio, armati. Io faccio circondare la fortezza, torno a prendere Valenza e se non me lo date fischio, faccio occupare la Cajenna e me lo prendo da solo.

Alzò il fischietto e lo tenne davanti alle labbra, ma lontano. Aveva ancora le orecchie che gli bruciavano e non sarebbe riuscito a fischiare un'altra volta, anche se avrebbe voluto vedere Mazzarino e le sue camicie nere annichilite da quel suono minaccioso.

Non ce ne fu bisogno. Mazzarino spinse indietro i miliziani, staccandoseli dalla schiena con un colpo rozzo e secco delle spalle. Poi avvicinò il volto al commissario, di nuovo naso contro naso.

– Prenditelo, – disse tra i denti. – Facci quello che vuoi, sbirro, te lo regalo.

Si voltò e spinse ancora piú indietro le camicie nere, con le braccia tese e le mani aperte, schiacciandole lungo le pareti. Fece solo qualche passo nel corridoio, poi si voltò ancora, verso il commissario. Sorrideva. Il brigadiere aveva alzato di nuovo la lanterna e il commissario poté vederglielo tutto, quel sorriso feroce, cattivo e soddisfatto.

– È per questa notte, sbirro, – ringhiò. – La Milizia ha

il piacere di annunciare a Vostra Eccellenza che la sua inchiesta si è felicemente conclusa –. Sorrise ancora, allungando un dito sul commissario. – Vengo a prenderti alle quattro e ti porto in un posto dove vedrai la soluzione del tuo mistero, sbirro. Stai per fare la figura del coglione.

Trentaquattro.

La pelle gli era diventata cosí sottile e trasparente che quando la porta della cella si era aperta aveva sentito la luce passargli attraverso e bruciare fin dentro le viscere. Aveva gli occhi coperti da una membrana fosforescente che gli impediva di vedere e quando aprí la bocca, dalle labbra gonfie e sporgenti gli uscí soltanto un gorgoglio umido e salato, come acqua di mare. Per metterlo in piedi dovettero sollevarlo di peso e tenercelo, perché non aveva piú equilibrio né forza, nulla che ancora potesse aiutarlo a muoversi in posizione eretta sulla terraferma. Poi, con un'evoluzione rapidissima che bruciò in pochi minuti milioni di anni di mutazioni genetiche, aveva cominciato a distinguere le ombre, a sentire la consistenza dell'aria sulla pelle, a scavarci dentro una forma che lo tenesse in asse con il terreno che avvertiva, solido e concreto, sotto i piedi. Poco prima di arrivare a casa del commissario, Valenza era già riuscito a camminare da solo e a raschiarsi dalla gola tutto quel sale bagnato che la otturava. E quando disse: – Grazie a Dio, credevo che non arrivaste piú! – era ritornato un uomo.

In cucina, canticchiava *Ludovico sei dolce come un fico*, fuori tempo rispetto alla musica che si sentiva oltre la parete, e camminava avanti e indietro girando attorno a un angolo del tavolo. Teneva la minestra di ceci cosí vicina al mento da infilarci quasi la faccia dentro, e non aveva dato al commissario nemmeno il tempo di riscaldarla. La divorava cosí, staccandone i pezzi rappresi dal freddo con il cucchiaio.

– Mai avuto tanta fame, – disse raschiando il piatto. – Credo sia una reazione nervosa. C'è altro?

– Ora guardo. Perché non vi sedete?

– Perché ai confinati non è permesso sedersi nei luoghi pubblici, neppure per consumare i pasti. Mangio sempre in trattoria e mi sono abituato a mangiare in piedi. C'è altro?

Il commissario aprí la dispensa e tirò fuori un cesto di vimini con dentro del pane. Stava per richiuderla quando vide anche un pomodoro e una treccia d'aglio.

– È formaggio, quello lassú? Grazie... permettete? E questo vino... posso?

Valenza si versò un bicchiere di vino rosso da un fiasco impagliato che era sul tavolo. Canticchiando *Ludovico* prese dal cestino una fetta di pane, sbucciò uno spicchio d'aglio e dopo averlo spezzato con le dita lo sfregò sulla mollica del pane. Poi ci spiaccicò sopra una metà del pomodoro che il commissario aveva aperto in due e che lui aveva sfilato rapido ancora da sotto la lama del coltello. Chiuse gli occhi, piantando i denti nel pane, quasi con sofferenza.

– Sarebbe stato meglio abbrustolirla sul fuoco, – disse, a bocca piena. – Comunque avete fatto bene.

– A non riscaldarla? – chiese il commissario.

– No. A mettere i cadaveri in ghiacciaia. Non vedo l'ora di darci un'occhiata. C'è altro, per favore?

C'era un uovo sodo, che Valenza sbucciò schiacciandone una punta contro il bordo del tavolo e staccando i pezzi di guscio con veloci colpi di pollice. Il tuorlo era ancora un po' liquido e gli scivolò denso sulle dita, che Valenza leccò in fretta. Con la lingua raschiò anche i frammenti di chiara che erano rimasti attaccati alle scaglie di guscio, poi si pulí le labbra col dorso della mano.

– I cadaveri congelati possono dirci molto. Ora della

morte, cause, concause, caratteristiche fisiche e morali dell'assassino o degli assassini. La loro posizione durante il delitto. Se è premeditato oppure no. Davvero, non vedo l'ora di aprirli.

– Aprirli? – disse il commissario, girandosi a metà. Aveva le mani sulle ante della dispensa e stava per chiuderle. Valenza si avvicinò, lanciò un'occhiata e scosse la testa, deluso.

– Dobbiamo procedere a una necroscopia. Anzi, a tre. Uh, guarda cosa c'è qua... permettete?

Caffè, sopra il fornello del camino. Valenza scolò l'ultimo goccio di vino dal suo bicchiere e ci versò dentro un rivolo nero e freddo di caffè. Tenne per un momento il bicchiere tra le mani, strette sull'anello scuro del liquido, per scaldarlo, poi si strinse nelle spalle e lo vuotò d'un fiato.

– Sono a posto, – disse. – Andiamo.

La notte

Trentacinque.

Quando entrò nella ghiacciaia Valenza batté le mani con uno schiocco e se le strofinò a lungo. Ma non per il freddo, per l'emozione. Soffocò un gemito, un «oh!» che gli uscí nell'aria gelida con un pennacchio di vapore e sorrise. Poi si mosse rapido, sbottonandosi la giacca.
I tre cadaveri erano stati adagiati su tre blocchi di ghiaccio al centro dello stanzone, come tre catafalchi nella navata di una cattedrale. Attorno, lungo le pareti, correvano banchi di legno scorticato e umido, cerchi concentrici che salivano su gradini di sasso come i sedili di un anfiteatro, su fino ai finestroni che si aprivano appena sotto le travi del soffitto. Sui banchi, schegge di ghiaccio, pezzi di ghiaccio, polvere di ghiaccio tritato e pesci, pesci di ogni tipo che si erano accumulati in quei giorni di forzata inattività della ghiacciaia e che adesso sembravano fissare il centro dell'anfiteatro con i loro occhi bianchi, rotondi e ciechi. Valenza ebbe un momento di esitazione quando si accorse di quegli occhi di pesce fissi su di lui, un momento solo. Subito dopo batté di nuovo le mani, si sfregò le palme e di nuovo sorrise.
– Da quale cominciamo?
Il commissario era rimasto sulla porta, rattrappito dal freddo, soffocato da quell'odore forte di pesce e accecato dalla luce abbagliante. Anche se fuori era notte, i finestroni velati di brina sembravano aver trattenuto nello stanzone la luce del giorno e brillavano, bianchissimi. Le squame di pesce che impregnavano il ghiaccio, il legno dei

banconi, il pavimento e le pareti della stanza scintillavano d'argento. I tre cadaveri splendevano, azzurri e nudi, come se una luce fortissima e livida li illuminasse da sotto la pelle.

– Forse potremmo vedere subito se l'ufficiale postale si è impiccato da solo, – disse il commissario. – Se si è suicidato potremmo lasciarlo...

– No. Si vede anche da qui che l'escoriazione che la corda gli ha lasciato sul collo è posteriore alla morte. Arriveremo anche a lui ma adesso direi di partire da Miranda.

Valenza si avvicinò al centro dell'anfiteatro e si guardò attorno. – È una fortuna che ci sia tutto questo pesce, – disse, – una fortuna per voi, intendo. Cosí copre quell'odore di morte che di solito fa svenire i profani. Per il resto dovrete farvi forza, Eccellenza, perché io ho bisogno di una mano.

Il commissario sospirò. Sollevò il bavero della giacca stringendoselo attorno alla gola e si avvicinò, anche se continuava a evitare di guardare i cadaveri.

– Mi servono un po' di cose, – disse Valenza. – Ho bisogno di tutti i coltelli che riuscite a trovare. Di un raschietto per le squame. Di aghi per le reti, i piú grossi che ci sono. E di ami –. Guardò il commissario che lo fissava perplesso. – Se fossimo in un ospedale o alla facoltà di Anatomopatologia avrei tutti gli attrezzi che mi servono. Qui dobbiamo accontentarci di quello che gli assomiglia, Eccellenza.

Quando il commissario ebbe trovato quello che cercava e l'ebbe avvolto in uno straccio per portarlo a Valenza, fu costretto ad avvicinarsi, ad avvicinarsi molto e a guardare dove stava andando.

Miranda, Zecchino e l'ufficiale postale.

La prima cosa che vide furono i genitali dei cadaveri. Il suo sguardo fu attratto e agganciato per qualche secondo da quegli scroti raggrinziti dal freddo e dalla morte, si impuntò imbarazzato su quei peni abbandonati e curvi, insaccati nella pelle come salsicce vecchie. Alzò gli occhi e incontrò quelli di Zecchino che lo fissavano sbarrati. Il rigor mortis lo aveva bloccato in quella posizione, la testa sollevata, il collo piegato in avanti, come se volesse vedere cosa stavano per fargli, e non si capiva, dal sorriso incrostato di sangue che gli scopriva i denti in un ghigno immobile, se fosse una cosa che approvava oppure no. Il commissario voltò la testa a sinistra e incontrò il volto di Miranda, ancora coperto di alghe, la guancia schiacciata, deformata dal contatto con il blocco di ghiaccio.

– Eccellenza, per favore... mi aiutate a girarlo o no?

Se non fosse stato per le ferite, il miliziano avrebbe potuto sembrare una statua di marmo. Rigido, bianco e levigato, perfettamente armonico nelle proporzioni e nello sviluppo muscolare, le spalle larghe, i fianchi stretti e i glutei rotondi.

– Dal punto di vista tanatologico si rilevano ipostasi di tenue intensità fisse al massaggio digitale profondo e prolungato, temperatura corporea livellata a quella ambientale e macchia verde putrefattiva in regione iliaca destra.

Valenza alzò la testa e sorrise al commissario. – Dio, Eccellenza, – disse, – sono quasi tre anni che non esercito... – e il commissario si chiese se quella fosse una richiesta di scuse per un'improbabile imperizia o piuttosto per l'eccitazione che sembrava mostrare. – Mi passate quell'ago, per favore? Quello grosso... facciamo finta che sia uno specillo.

Il commissario strinse i denti mentre Valenza toccava con la cruna dell'ago le ferite che il miliziano aveva sulle natiche e in fondo alla schiena. Seguiva la curvatura dei tagli, grattandone via la crosta, premeva sugli ematomi. A un tratto il metallo scivolò sotto la pelle, penetrò nella carne al centro di un'escoriazione a forma di mezzaluna, facendone uscire minuscoli frammenti di terra.

– È strano, – mormorò Valenza. Si sporse sul cadavere e gli prese la mano, facendogli piegare il braccio all'indietro, il piú possibile. Avvicinò gli occhi alle dita del miliziano, frugando anche sotto le unghie con la punta dell'ago.

– Che significa? – chiese il commissario, la voce velata da una bolla di saliva.

– Non lo so. Alcuni dei graffi che il nostro Miranda si è fatto sul sedere sembrano provocati da un violento sfregamento con il terreno. Ci sono anche minuscoli frammenti d'erba nelle crosticine. Però ho trovato anche dei segni diversi, piú profondi e piú sporchi di terra... Adesso giriamolo.

Soffiando pennacchi di vapore ghiacciato, Valenza si fece aiutare dal commissario a voltare Miranda sul dorso. Poi scosse la testa, riprese l'ago e cominciò a frugare dentro una serie di ferite che segnavano il ventre piatto del miliziano.

– Piccoli ematomi con un'escoriazione al centro, alcuni prodotti da vivo e altri da morto. Lo vedete questo sotto lo sterno, com'è piú esteso e piú profondo degli altri?

– Sí, – disse il commissario.

– E lo vedete questo segno sul collo, piú o meno sotto al mento? Eccellenza, voi potete anche fidarvi delle mie parole ma io preferirei che guardaste...

– Sí, – disse il commissario, riportando gli occhi su Miranda.

– Bene. Il segno del nodo, il punto in cui i due capi della corda passano l'uno sull'altro è davanti. E quest'altro ematoma piú grande potrebbe essere, azzardiamo, un ginocchio. Un ginocchio puntato sul petto nudo mentre chi lo uccide lo strangola con una corda.

– Giusto, – disse il commissario.

– E invece no, – disse Valenza. – Per quanto ossuto sia un ginocchio non può fare un buco nella pelle come questo –. Piantò l'ago nell'escoriazione a mezzaluna, strappando un gemito al commissario, nascosto da un colpo di tosse. – Mi sta venendo un'idea.

– Quale?
– Un momento... dobbiamo saperne di piú. Finito l'esame esterno, che è piú o meno questo, inizia quello interno. Mi fate vedere cosa avete trovato in giro, Eccellenza?

Frugò nello straccio, le labbra sporte in avanti in un'espressione concentrata, e annuí rapidamente. Poi prese il commissario per i polsi e gli fece infilare le mani a coppa sotto la nuca di Miranda, per tenerla sollevata. Eseguí quei gesti come se anche le mani del commissario fossero attrezzi chirurgici inanimati. Scelse un coltello sottile e affilato e incise la fronte del miliziano, appena sotto l'attaccatura dei capelli.

Il commissario si schiarí la gola, deglutendo, e girò lo sguardo da un'altra parte, ma dovunque lo appoggiasse vedeva soltanto occhi che lo fissavano, centinaia e centinaia di occhi bianchi e congelati, segnati al centro da una pupilla fissa e sottile come una capocchia di spillo. Gli sembrava che ci fossero solo quelli, emergevano dal confuso luccicare delle squame, si moltiplicavano e si sovrapponevano rivestendo le pareti della ghiacciaia, li circondavano e si stringevano su di loro, un muro circolare e compatto di occhi freddi, rotondi e ciechi. Abbassò lo sguardo appena in tempo per vedere Valenza che infilava la lama del raschietto da pesce nel taglio sulla fronte di Miranda e con un colpo secco gli scollava parte del cuoio capelluto.

– Non svenitemi adesso, Eccellenza. Voltatevi da una parte e respirate forte col naso ma non svenitemi adesso, per favore.

L'odore acuto del pesce lo stordí. Il freddo della ghiacciaia gli entrò nel naso, gli bruciò tra gli occhi e su, fino al cervello, dandogli un po' di forza nelle gambe. Sentiva qualcosa di liquido e denso colargli lentamente sulle mani che reggevano la nuca pesante del miliziano. Strinse i denti, sforzandosi di ascoltare Valenza, tanto per concentrarsi su qualcosa.

– Incisi e scollati i tessuti molli della galea capitis si rilevano in ambedue le regioni temporo-parietali vaste aree di infiltrazione emorragica... e per forza, con la botta che ha preso. Ma ci sono anche segni di colpi diversi. Lasciate pure, Eccellenza. Mi date quegli ami, per favore?

Il commissario frugò nello straccio che avevano appoggiato sul blocco di ghiaccio. Prese due ami che porse a Valenza.

– Adesso devo chiedervi un piccolo sforzo, Eccellenza. Per aiutarmi dovete guardare.

Vide la punta del coltello che penetrava nella gola inerte di Miranda. La vide tagliare la pelle e la carne, poi vide Valenza prendere gli ami e conficcarli ai due lati del taglio.

– Stringete qui, Eccellenza e tirate forte. Vi giuro che se ce l'avessimo davvero, un divaricatore, questa cosa non ve la chiederei.

Il commissario soffocò un conato di vomito. Sentiva gli ami sfuggirgli dalle dita, anche se la carne era morbida e tenere aperta la ferita non sarebbe costato nessuno sforzo. Ma quando Valenza ci infilò dentro un indice e lo spinse per frugare tutt'intorno con la punta del dito, allora chiuse gli occhi e cominciò a vacillare.

– Confermo, – lo sentí dire. – Nei casi di strangolamento l'osso ioide si spezza e infatti è spezzato. Chi l'ha ucciso ha stretto come una furia, con una forza esagerata. Potete aprire gli occhi, Eccellenza. Ho fatto.

– Abbiamo finito? – chiese il commissario. Aveva lo sguardo ancora appannato dallo sforzo di stringere le palpebre ma gli sembrò che Valenza avesse un'espressione strana. Preoccupata. Spaventata, quasi.

– Voi sí, per adesso. Io no. Però se volete potete darmi le spalle... basta che mi passiate quel coltello lí, grazie.

Era un coltello con la lama spessa e seghettata. Il commissario glielo passò alla cieca, tenendolo per la punta, perché si era già voltato, poi si prese le braccia con le mani e si strinse, forte. Oltre ai pesci c'era anche Zecchino che lo fissava col suo ghigno immobile. Ne aveva incrociato gli occhi solo per un attimo ma aveva avuto la certezza che in quello sguardo feroce e fisso ci fosse disapprovazione. Per tutto. Cosí abbassò la testa e si strinse ancora, forte.

Alle sue spalle ci fu un rumore sottile. Qualcosa che scivolava, rapida e liscia, senza intoppi. Poi un rumore piú netto, qualcosa che tagliava, un rumore piú morbido, qualcosa che tagliava a fondo, piú umido e poi piú duro, qualcosa che raschiava. Sentí Valenza che prendeva fiato con un sospiro lungo e mormorava: – Forza, adesso.

Poi sentí segare.

Alzò gli occhi istintivamente e incontrò quelli di Zecchino, sempre immobili e sempre feroci. Alle sue spalle i denti della lama seghettata cominciarono a scricchiolare, a incidere e grattare con uno stridio costante e opaco, che ora diventava un sibilo acuto come un fischio, ora vibrava basso e sordo e continuo, rallentato soltanto dall'ansimare, a tratti, di Valenza. Se lo sentiva dentro, quel rumore, gli faceva male quel ronzio duro che pareva non dovesse smettere piú, e ad ogni schioccare secco, ad ogni schianto raschiante dei denti di metallo sembrava che gli occhi di Zecchino diventassero piú feroci e insopportabili. Parlò per fare qualcosa, qualunque cosa.

– Voi che ne pensate, Valenza? Chi è stato?

– Non ho la palla di cristallo, Eccellenza. Posso solo dirvi che chi ha ammazzato il bel miliziano lo ha fatto con una furia selvaggia. Lo ha picchiato e lo ha stretto come un matto.

– Il farmacista.

Il rumore cessò e per qualche secondo non si sentí altro che un tastare e uno stringere appiccicoso.

– Può essere, – disse Valenza. – A patto che portasse i tacchi a spillo. Quei buchi pieni di terra in mezzo agli ematomi... chi ha ucciso Miranda lo ha pestato e schiacciato con i tacchi alti.

Il commissario si voltò e in quell'istante Valenza, che aveva infilato le dita di tutte e due le mani in una fessura scavata nello sterno del cadavere, tirò con forza verso di sé, sollevando di colpo e con uno schianto umido di carne e di ossa la parte sinistra della gabbia toracica del miliziano. La testa di Miranda si piegò in avanti per lo strattone, e in quell'istante il commissario cadde in ginocchio e cominciò a vomitare.

Trentasei.

Seduta sull'asse di legno umido che correva di traverso alla lancia, cercava di guardarsi attorno senza riuscire a vedere niente. Ma continuava a guardare lo stesso, stringendo contro il petto il telegramma che tornando a casa suo marito le aveva spinto sotto agli occhi ancora velati di sonno e abbagliati dalla luce che lui aveva acceso all'improvviso.
– Vestiti, fa' presto. Il vapore ci aspetta.
E lei aveva fatto presto, prestissimo. La sottoveste, le calze, la gonna, la pettorina di trina e gli stivaletti col tacco alto. Uno scialle e il cappello con la piuma di struzzo. E appena un cambio di scarpe e biancheria in una borsa da viaggio, perché lui le aveva detto che si sarebbero fatti spedire tutto appena arrivati a Roma. *Presentarsi immediatamente*, diceva il telegramma firmato dalla Segreteria Generale del Partito, e ripeteva *immediatamente!*
Seduta sull'asse di legno, la moglie del federale si stringeva sul cuore il telegramma e cercava di distinguere qualcosa nel buio assoluto che circondava la lancia. Avrebbe voluto vedere almeno i contorni di quell'isola maledetta, il riflesso di un'ombra di quella costa che stava lasciando, la luce lontanissima di una casa, ma non c'era niente, solo buio, acqua invisibile e nebbia nera. Se guardava avanti, oltre la macchia scura della schiena del federale seduto a prua, le sembrava quasi di intravedere la striscia piú chiara del continente, ma sapeva che era solo un'impressione,

un'allucinazione provocata da quella felicità violenta che le stava facendo scoppiare il cuore.

Ogni tanto il federale si voltava a guardarla. Le sorrideva ma non era un vero sorriso. Era una smorfia forzata, che separava meccanicamente un'espressione infinitamente triste da un'altra infinitamente angosciata.

Stupido, pensò lei, e *La nostalgia* e *Me ne frego!* scandito in sillabe, come faceva Mussolini. Poi pensò che in fondo quello stupido ce l'aveva fatta a portarla via da là, anche se in quel modo cosí precipitoso, dopotutto a qualcosa serviva, e una volta in continente, *a Roma o dove sarà*, magari con un altro Miranda nel letto, *chissà, vedremo*.

Alle sue spalle Mazzarino si mosse, avvicinandosi. La moglie del federale non si voltò neppure. Quello poteva tranquillamente fare a meno di guardarlo, gli sarebbe mancato anche meno del resto, se fosse stato possibile.

– È un peccato che siate dovuti partire cosí presto, – disse Mazzarino. – Avrei schierato il manipolo per salutarvi. Ci sarebbero stati tutti... a parte Miranda, naturalmente.

Il federale lanciò un'occhiata oltre le spalle della moglie. Era uno sguardo spaventato, ma lei non se ne accorse. Si era sporta dal bordo della lancia per cercare di toccare gli spruzzi d'acqua che scivolavano sul legno scuro. Acqua nera, che sembrava caffè.

– Non importa, – disse lei. – Siete già stato troppo gentile a portarci fino al vapore con la lancia della Milizia. Mio marito non lo dimenticherà, quando sarà a Roma.

Mazzarino si mosse ancora. Guadagnò un'altra traversina di legno e lei se lo sentí alle spalle, con quel suo odore forte da animale selvatico e quell'ansimare ringhioso, tra i denti.

– L'ho già fatto per il vecchio commissario e per il segretario che c'era prima. E lo farò presto per il commissario nuovo. Certo che è un brutto colpo per la rappresentanza del Fascio sull'isola... prima il camerata Miranda e adesso è il sottosegretario ad andarsene.

Un altro sguardo spaventato del federale. Ma lei si stava passando sulla bocca le dita bagnate, stringendo il sale tra le labbra piene, da abissina.

– Che paragone! Miranda è scomparso per una tragica fatalità, mio marito invece è stato richiamato per essere promosso... non direi che è la stessa cosa, no?

Alzò lo sguardo sul federale e lui le vide negli occhi quella stessa espressione freddamente ingenua che le aveva visto quella mattina, quando era tornata a casa nuda, sporca di erba e di terra, le mani aperte con quella lunga traccia livida che le segnava. Non gli aveva risposto quando le aveva chiesto «Che è successo?», aveva sorriso, indifferente, e aveva sorriso ancora quando lui le aveva visto i tacchi degli stivaletti sporchi di terra e di sangue e le aveva ripetuto «Che è successo? Che è successo?», inutilmente. Si era messa a letto, mentre lui correva da Mazzarino per cercare Miranda e sistemare la cosa, e aveva dormito come una bambina per un giorno intero. Quando si era svegliata, la mattina dopo, sembrava non ricordare piú nulla, quasi che quella notte fosse sparita, inghiottita da quel modo particolare che aveva il tempo di scorrere, sull'isola.

– Per favore, – mormorò il federale, – per favore, Mazzarino... avevate detto che non ce ne saremmo neanche accorti...

La moglie del federale alzò la testa e aspirò col naso l'aria della notte. Neanche cosí riusciva piú a sentire l'isola, neanche un odore da dimenticare, da schiacciare sotto il tacco, da polverizzare come una foglia secca e fare sparire con un soffio di vento. Gli odori erano tutti della lancia, come se in quel momento esistesse soltanto quel luogo in tutto l'universo. La nafta del motore, il sale del mare, l'umido della nebbia, il legno della barca, il suo borotalco e Mazzarino, ancora piú vicino, ancora piú forte.

– Per favore... – gemette il federale, – avevate promesso... avevate promesso...

– Non se ne accorgerà neanche, – disse Mazzarino. Poi disse: – Guarda guarda l'uccellino, – e rapido toccò la moglie del federale su una spalla.

Il federale la vide voltarsi e irrigidirsi di colpo, con un singhiozzo roco. Uno schizzo rovente e velocissimo di sangue le uscí da sotto la crocchia di capelli che aveva legati sulla nuca. Il federale gridò, alzandosi in piedi, ma Mazzarino si era già mosso. Fece scattare il braccio e gli piantò il pugnale nella bocca spalancata.

Poi sollevò il coltello verso il cielo nero, piegò la testa all'indietro e scoprendo i denti lanciò un urlo a gola piena, come un lupo.

Trentasette.

Quando Valenza gli si avvicinò era passato del tempo, ma non avrebbe saputo dire quanto. Il commissario sedeva sull'angolo di un bancone di legno della ghiacciaia, con le braccia strette attorno al corpo, troppo congelato anche per sentire freddo. Stava deglutendo con una smorfia, la bocca acida di saliva amara, quando se lo trovò di fianco. Si puliva le mani con lo straccio degli attrezzi e aveva ancora quell'espressione strana, Valenza.

– Il miliziano è stato strangolato da una persona con i tacchi, – disse. – Gli altri due, invece, sono stati uccisi in un altro modo... un colpo di pugnale dentro la gola, sempre lo stesso. Abbiamo un bel po' di cose su cui riflettere, mi pare.

– Perché quella faccia, Valenza?

– Politica. Non c'entra con il caso. Non avete un appuntamento, voi?

Il commissario annuí, strappandosi dal bancone con uno scatto che gli fece male lungo tutta la schiena. Si spolverò il fondo dei calzoni con le mani.

– Sí, – disse. – C'è ancora tempo, ma prima devo passare dall'ufficio. Voglio prendere una cosa.

– Il fischietto?

– No. La mia pistola.

– Spero che non vi serva, Eccellenza.

– Neanch'io. Non la saprei usare.

Si sentiva sollevato, assurdamente. L'idea di uscire nel vento della notte, lontano dall'aria immobile della ghiacciaia, senza quell'odore morto di pesce. A quello che sarebbe successo dopo, a quell'appuntamento con Mazzarino che gli risuonava nelle orecchie come una minaccia e gli faceva paura, ci avrebbe pensato un'altra volta. Dopo, appunto.

– Perché quella faccia, Valenza?
– Ve l'ho detto, Eccellenza... politica. Non vi riguarda.
– Riguarda anche me se c'è di mezzo un confinato. E voi siete un confinato, Valenza. Un medico brillante ma anche un confinato.

Valenza sorrise, ma sorrise male. Finí di pulirsi le dita con lo straccio.

– È proprio questo il punto, Eccellenza. Io sono un oppositore del regime che non vede l'ora che i fascisti vengano presi e sbattuti in galera. Ma oggi ero cosí rintronato dalla cella di rigore e cosí distratto dall'aprire cadaveri che mi sono dimenticato di chiedervi i giornali con le notizie su Mussolini e Matteotti.

Al commissario sfuggí una risatina corta, che finí in uno sbuffo di fumo e in una smorfia di compatimento.

– Valenza, santo Dio... che sciocchezze dite!
– Sciocchezze, Eccellenza? Sciocchezze? Può darsi... – Si strinse nelle spalle e gettò lo straccio sul bancone, le unghie ancora macchiate di rosso lungo i bordi, come se le avesse dipinte. Poi alzò lo sguardo sul commissario. Serio.
– Sciocchezze, dite voi. E che succede se anche il resto dell'Italia, rintronata dalle botte e tutta presa dagli affari suoi, fa la stessa cosa che ho fatto io?

Trentotto.

Il tempo era quello di un valzer suonato male. Lento, strisciante, malato, scivolava sulla battuta di chiusura come un cane zoppo che avesse solo tre gambe. Girava su se stesso con torbida ostinazione, cosí impastato che era difficile distinguere gli strumenti, anche se si sovrapponevano semplicemente l'uno all'altro, come passi di una folla con scarpe diverse. C'era una fisarmonica e c'era un violino e poi c'era un tamburello, che tintinnava piú acuto sopra gli altri e leggermente fuori tempo, come se li osservasse, distaccato e sorridente, ma di un sorriso ironico e un po' diabolico. Sembrava musica da zingari.

Era stato quando aveva sentito quelle note lontane e aveva visto Mazzarino alzare una mano per ordinare ai suoi di fare silenzio che il commissario aveva tirato un sospiro di sollievo e aveva lasciato la pistola che stringeva in tasca. Fino a quel momento, da solo in mezzo alle camicie nere che lo guardavano sorridendo di nascosto, tutte armate di fucili e di coltelli come in una spedizione punitiva, aveva temuto per la sua vita. Aveva anche tolto la sicura alla pistola non appena si era accorto che stavano imboccando il sentiero polveroso che portava al tempio di Giove, perché lassú, al riparo delle pietre a picco sulla scogliera, avrebbero potuto ammazzarlo e buttarlo di sotto senza che se ne accorgesse nessuno. Ma quando aveva sentito la musica e aveva visto Mazzarino accucciarsi sulle gambe, alzando il braccio, aveva capito che stavano andando in quel luogo per qualcuno che non era lui.

Si avvicinarono al tempio come per un'azione di guerra. Mazzarino divise gli uomini puntando l'indice a sinistra e a destra dei ruderi, poi prese il commissario per la manica della giacca, se lo tirò vicino con uno strattone e cominciò a muoversi lungo il sentiero, prima curvo, poi chino e alla fine a quattro zampe, come un gatto. Arrivato ai massi squadrati che segnavano il perimetro del tempio, si schiacciò a terra, tra l'erba ruvida, e ci schiacciò anche il commissario.

Se di giorno le pietre del tempio di Giove levigate dal sale e dal vento sembravano lucide e bianche come vetro, e al tramonto i raggi del sole calante le facevano diventare rosse come se avessero preso fuoco, di notte, con nuvole sottili come quelle a filtrare la luce della luna, erano blu. Fuori, sul sentiero e sul prato che circondava il tempio, ma soprattutto dentro, tra le colonne, riflettevano una luce azzurrina, inquieta e malata come quel valzer che adesso si sentiva piú forte. Il commissario alzò la testa, sporse gli occhi oltre il bordo del masso per guardare nel tempio e quello che vide lo lasciò senza fiato.

Sollevata sulle punte dei piedi, le braccia alzate sulla testa a battere col palmo della mano sul tamburello, c'era Martina. Era completamente nuda, con gli occhi chiusi e un sorriso vuoto sulle labbra. Girava su se stessa, colpiva la pelle tesa del tamburello con le dita strette, faceva tintinnare i sonagli e calpestava la terra battuta del pavimento al ritmo torbido di quel valzer, quasi fosse proprio lei a dare il tempo a tutti gli altri. Chi fossero, quegli altri, coperti dalle colonne, il commissario avrebbe potuto vederlo solo infilando la testa tra i massi e sporgendosi dentro al tempio. Da lí vedeva solo lei, Martina, i riflessi azzurri della luna sulla sua pelle nuda, lucida e blu come le pietre del tempio.

La musica si fece piú veloce. Sempre dissonante e disarmonica, sempre accozzata e zingaresca e zoppicante ma piú veloce, piú isterica, e non come un urlo, come una risata. Martina seguiva il ritmo, anticipando ogni giro con un colpo della testa, e scendendo con lo sguardo lungo le sue gambe magre, le sue ginocchia ossute e le sue caviglie sottili, il commissario si accorse che le dita dei suoi piedi scalzi non battevano a caso sul pavimento del tempio ma al centro di un cerchio tracciato nella polvere, un cerchio diviso da linee diagonali che la ragazza, nel suo ballare forsennato, aveva cancellato quasi del tutto.

Mazzarino fece cenno al commissario di spostarsi di lato, e di farlo in silenzio, e il commissario si mosse con cautela, anche se la musica crescente avrebbe nascosto comunque ogni fruscio. Da quel punto la prospettiva era diversa. Anche senza affacciarsi tra le colonne, il commissario riuscí a vedere che davanti a Martina c'era altra gente, che suonava.

Seduta su un blocco di pietra, la guancia schiacciata contro la cassa di una fisarmonica e gli occhi chiusi per lo sforzo di seguire il ritmo, c'era la moglie dell'inglese. Era anche lei nuda, coperta solo in parte dallo strumento che teneva in grembo. Una gamba alzata, con il piede agganciato al bordo di un masso, e l'altra piegata all'indietro come se stesse correndo, faceva scorrere veloce le dita sulla tastiera e ansimava, le labbra lunghe e marcate, aperte appena in un sorriso.

Accanto a lei – il commissario lo vide sporgendosi appena dalla colonna – accanto a lei, c'era l'inglese. Era nudo anche lui e cosí, senza vestiti, sembrava ancora piú piccolo e magro. Appuntito, quasi. La testa, lucida di sudore azzurro, era ovale e affilata sotto la peluria blu che gli partiva dalla fronte come una cresta sottile. Le orecchie grandi brillavano alla luce della luna come se fossero trasparenti. L'arco delle costole, quello teso delle clavicole e quello tagliente delle natiche, sporgevano sotto la pelle come se volessero spaccarla. Stringeva gli occhi e i denti, le labbra tirate, una mano stretta sul manico di un violino premuto cosí forte contro la spalla che sembrava volesse piantarselo nel collo. L'altra mano faceva scorrere un archetto sulle corde, veloce, piú veloce che poteva, cercando di seguire il ritmo zoppo della fisarmonica di sua moglie e quello zingaro del tamburello di Martina. Il timbro isterico, isterico come una risata, era il suo, era il violino dell'inglese.

Anche lui si trovava al centro di un cerchio scavato nella polvere. Ma stava fermo, piantato sulle gambe rigide, senza muovere i piedi, e le linee diagonali erano rimaste intatte, disegnando una stella allungata, a cinque punte. Ogni tanto apriva gli occhi, guardava Martina, e li richiudeva con un sorriso stremato. Sotto il ventre piatto, teso nello sforzo, aveva un'erezione curva, di insospettabile potenza.

Adesso la musica era cosí forte che si poteva parlare a voce alta senza il rischio di essere sentiti. Il commissario guardò Mazzarino che sorrideva, le labbra aperte sui denti stretti. Fissava qualcosa, dentro al tempio, poi girò il volto verso di lui e scosse la testa.

– Che porcheria! – ringhiò.

– Come l'avete saputo? – chiese il commissario. Mazzarino socchiuse gli occhi, avvicinando la testa, e il commissario ripeté la domanda.

– Me l'ha detto qualcuno. Non vi deve interessare... pertinenza della Milizia.

– Va bene. E ditemi: sarebbe questa la mia figura da coglione? Qui ci sono un paio di reati contro la pubblica decenza, nient'altro.

– Aspettate e vedrete, Eccellenza –. Mazzarino si avvicinò ancora. Agganciò la testa del commissario con una mano e la tirò a sé, le labbra schiacciate su un orecchio. – Prima però voglio fare un patto con voi. Che nel vostro rapporto figuri solo la Questura. Qui noi non ci siamo mai stati, intesi?

– Perché? – Il commissario cercò di tirare indietro la testa, ma Mazzarino non glielo permise. La sua voce ringhiante, l'alito caldo e la saliva continuarono a fargli solletico dentro l'orecchio, un solletico irresistibile.

– Affari nostri. Quello che vedrete è molto imbarazzante per la Milizia. Non ti lamentare, sbirro, ti sto facendo un regalo, cosí ti prendi tutto il merito.

Lo lasciò, finalmente. Il commissario si asciugò l'orecchio con il dorso della mano, trattenendo una smorfia di disgusto. La musica era cresciuta ancora e si era fatta piú veloce. Di colpo, la visione della moglie dell'inglese piegata in avanti, sopra la fisarmonica, i capelli scompigliati sulla fronte lucida, gli fece bruciare dentro il rimorso del desiderio. Si voltò bruscamente e si accorse che Mazzarino si era alzato in piedi, e teneva una mano aperta sollevata in aria, come se dovesse salutare.

Urlò, invece, abbassando il braccio, e urlò cosí forte da superare anche i singhiozzi isterici del violino.

– Carica!

Tutte insieme, curve in avanti e armate come se fossero saltate fuori da una trincea, le camicie nere di Mazzarino entrarono nel tempio. La prima ad accorgersene e a smettere di suonare fu la moglie dell'inglese, che gridò, rannicchiandosi dietro la fisarmonica. L'inglese stava guardando Martina ed ebbe il tempo di far scorrere l'archetto sul violino un paio di volte prima di sentire le grida e i passi alle sue spalle. Si voltò tenendo lo strumento per il manico, alzato come una clava, ma senza volerlo, e quando un miliziano glielo strappò di mano lasciò cadere subito anche l'archetto, allargando le braccia. – Mi arrendo, mi arrendo, mi arrendo, – ripeté in fretta, la testa schiacciata su una spalla dalla canna di un fucile puntato alla tempia. Martina, invece, si fermò battendo i piedi per terra, uno e due, come se la musica dovesse finire davvero in quel modo e in quel momento. Abbassò le braccia lungo i fianchi con un tintinnare del tamburello e rimase a guardare, vagamente indifferente.

Il commissario entrò nel tempio dopo Mazzarino, che

era passato attraverso le colonne con un salto. – No, no! Fermo! – urlò allungando le braccia perché una camicia nera aveva afferrato la moglie dell'inglese per i capelli e le aveva rovesciato indietro la testa mentre un'altra si era avvicinata con il pugnale in mano. Credeva che volessero ucciderla, invece le tagliarono solamente le cinghie della fisarmonica e la gettarono nuda in mezzo alla polvere. – Non mi muovo, non mi muovo, – continuava a ripetere l'inglese, le braccia alzate, adesso, dritte sulla testa, cosí immobile da non offrire il minimo pretesto ai calci dei fucili che scavavano l'aria vicino alle sue costole. Mazzarino scartò di lato e con una spallata colpí il miliziano dal sorriso storto che si stava gettando su Martina, le mani aperte e le labbra ad angolo retto bianche di saliva. Il miliziano cadde a sedere nella polvere con un gemito trattenuto che fu interpretato come un segnale, perché tutti gli altri si bloccarono, pugnali in aria e fucili puntati sui corpi nudi dell'inglese e di sua moglie.

– Insomma, che succede qui? – chiese il commissario.

– Un rito diabolico! – disse Mazzarino.

– Una cerimonia dionisiaca! – disse l'inglese, ma chiuse subito la bocca perché il calcio di un fucile si era già alzato a sfiorargli le labbra.

– Un rito diabolico! – ripeté Mazzarino. – Una messa nera! Qui si fanno sacrifici umani!

L'inglese si lasciò sfuggire un gemito divertito. Era l'inizio di una risata che avrebbe voluto trattenere, lo si capí da come spalancò gli occhi e contrasse i muscoli del ventre ancora prima che il calcio del fucile lo colpisse in mezzo allo stomaco, facendolo piegare sulle ginocchia.

– Piano, piano! – disse il commissario, alzando una mano verso il miliziano che stava per colpire ancora. – Ripeto, capomanipolo... qui vedo soltanto reati contro la morale e contro la religione che seppur gravi...

– Gravi, Eccellenza? C'è qualcosa di piú grave dell'omicidio?

Mazzarino sferrò un calcio nella polvere, gettandola sull'inglese che si contorceva a terra con la bocca spalancata. Avrebbe voluto colpirlo e avrebbe voluto colpire anche la moglie dell'inglese che scivolando sulla terra battuta si era attaccata al marito e lo abbracciava, mordendosi le labbra per non urlare. Si stava trattenendo a stento, Mazzarino, come i suoi uomini, che si muovevano ringhiosi dentro al tempio, stringendo manici di fucili e foderi di pugnali.

– Questi due signori hanno messo in piedi una setta di adoratori del Diavolo dediti ad ogni sorta di porcherie! E mi vergogno a dirlo, di questa setta faceva parte anche la camicia nera Miranda, che Dio lo perdoni!

– Non è vero! – gridò l'inglese, ma Mazzarino lo colpí al fianco con la punta dello stivale, accartocciandolo come una foglia secca. La moglie dell'inglese allungò una mano per parare un altro colpo, che non venne.

– Questi due diavoli hanno ucciso Zecchino perché sapeva troppo e hanno ucciso l'ufficiale postale che mandava i telegrammi al loro complice! E prima hanno ucciso anche Miranda, perché si era pentito di stare con loro!

Non è vero, disse l'inglese e lo disse con gli occhi, al commissario, per non prendersi un altro calcio. Mazzarino non lo avrebbe sentito comunque, perché aveva alzato lo sguardo su un miliziano che arrivava da dietro una delle colonne piú esterne del tempio, e sembrava cosí attento che gli si era acceso il volto, già cosí rosso di rabbia.

– Ecco la prova, Eccellenza... ecco quello che fanno questi mostri!

La camicia nera aveva uno straccio in mano. Era avviluppato come un fagotto e lo teneva con le braccia rigide, lontano da sé e dall'espressione schifata che aveva sul volto. Lo mise a terra ai piedi del commissario e lo aprí toccando appena gli angoli di stoffa.

– Santo Dio! – gridò il commissario, portandosi le mani al volto.

– Non è vero! – disse l'inglese sputando sangue tra le

labbra arrossate. Cercò di tenere indietro la moglie che gli si stava arrampicando sulla schiena per guardare e che gli scivolò dalle spalle con la faccia quasi dentro al fagotto, quasi sul pugnale incrostato di sangue e su quel feto dagli occhi liquidi e il sorriso incompleto, livido e allungato come un coniglio senza pelle.

La moglie dell'inglese urlò, urlò con tutta la voce che aveva, poi si sollevò sulle braccia, si alzò e scappò verso il bosco, urlando ancora tra i rovi che le graffiavano la pelle nuda, mentre i miliziani sfoderavano i pugnali e le correvano dietro, alzando e abbassando le lame che brillavano sotto la luna come denti di cani dalle bocche spalancate.

Trentanove.

Loveday era morto. Era arrivato a Thelema direttamente dall'India, soffriva di febbri malariche e i riti ordinati dal Maestro non gli avevano certo fatto bene. Ma la moglie era corsa in Italia dicendo che era morto perché aveva bevuto il sangue di un gatto durante un rito orgiastico, e la polizia ci aveva creduto.
– Il sangue di un gatto, – aveva detto il Maestro. – Riesci a immaginare niente di piú disgustoso, anche per un gruppo di eccentrici inglesi come noi? Il sangue di un gatto... francamente preferisco una cernia fresca appena pescata in questo bellissimo mare di Sicilia. Il sangue di un gatto...
Ma Loveday era morto e la moglie aveva sporto denuncia alla polizia italiana. In una villa chiamata Thelema, aveva raccontato, c'era un gruppo di strani inglesi che facevano uso di stupefacenti e sacrificavano animali ed esseri umani per adorare il Diavolo.
– Il Diavolo, – aveva detto il Maestro. – Tu ci credi? Io non lo so. Stupire, contraddire e disorientare... *Fai quello che vuoi*, questa è la Legge. I miei rituali di magia sessuale, le tue ricerche sul potere liberatorio della musica, il dio Pan, la natura, Dioniso, Lucifero portatore di luce, Prometeo che ruba il fuoco, Giosuè Carducci e Marsilio Ficino...
Loveday era morto e mentre il Maestro parlava e parlava con le braccia alzate e già chiedeva dove fosse la sua tunica, la polizia bussava alla porta. C'era anche un funzionario di Scotland Yard con loro, chiamato dalla moglie

di Loveday per scoprire come avessero ammazzato il marito.

– Ammazzare qualcuno, – aveva detto il Maestro. – Ti viene in mente un'azione piú disdicevole in un posto bello come questo? Sembra di essere a Pompei... è un gran peccato che non ci facciano rimanere. Perché vedrai che ci butteranno fuori anche da qui. Fila, ragazzo, tu sei italiano e potresti passare dei guai. Prendi tua moglie e vattene a cercare un posto piú adatto per un gruppo di pazzi come noi. Quando lo trovi, chiama. Mandami un telegramma. Scrivi una parola sola: *Torna*, e torneremo assieme.

Era l'ultima volta che aveva visto il Maestro prima che la polizia entrasse nella villa, «Mr Crowley, where are you?», e proprio a questo pensava l'inglese mentre scappava nudo verso la scogliera, inseguito dal commissario e Mazzarino. Le urla di sua moglie erano cessate all'improvviso, da qualche parte nel bosco, coperte da un ringhiare feroce di cani da caccia. Era per questo che non riusciva piú a gridare ma mugolava solo, l'inglese, senza neanche vedere cosa ci fosse dietro al velo opaco che gli appannava gli occhi. Si era aspettato che il commissario usasse la pistola che aveva in mano ma non lo aveva fatto, aveva urlato: – Santana, per l'amor di Dio! – e gli era corso dietro. Si aspettava che lo facesse Mazzarino, ma neppure lui sembrava aver intenzione di fermarlo, anzi, aveva smesso di far risuonare i suoi stivali sul sentiero che portava alla scogliera, mentre di nuovo il commissario urlava: – Santana! Santana, per l'amor di Dio!

Saltò nel precipizio, trascinato dallo slancio, e mentre cadeva verso gli scogli che schiumavano sotto la luna, a testa in giú come un uccello nudo e senza ali, gli tornarono in mente le ultimissime parole del Maestro, prima di lasciare la villa.

– Andiamo via, fratello, – gli aveva detto. – Qui c'è un Diavolo piú forte del nostro.

Il quinto giorno

Quaranta.

– Lo vogliamo lasciare qui, questo?
– No.
Hana nascose il disco di *Ludovico* dietro la schiena e fece un passo indietro per allontanarsi dal commissario, che alzò le mani, come per arrendersi.
– Va bene, va bene... puoi tenerlo. Pensavo che potevamo lasciarlo qui, sull'isola, come ricordo.
Hana strinse le labbra, pensosa, e il commissario non poté fare a meno di avvicinarsi e stringerla tra le braccia, strappandole un gemito di sorpresa preoccupata.
– Prendi quello che vuoi, – disse baciandola sui capelli. – Anche tutta la casa. Tanto i bagagli ce li porta la Milizia.
Le valigie erano già pronte e anche un baule che il commissario aveva cercato di spingere fuori dalla camera da letto, lasciandolo a pochi passi dalla porta. Su quello stava seduto Valenza, con i gomiti appoggiati alle ginocchia e il mento sulle mani, come a scuola.
– Mi dispiace lasciarvi nelle grinfie di Mazzarino, – disse il commissario, – ma prima o poi finirà anche per voi. Ci ho messo una buona parola... il capomanipolo mi deve un favore.
Valenza si strinse nelle spalle. Lo aveva visto il favore fatto a Mazzarino. Si trattava di un rapporto che il commissario aveva in tasca. Quel rapporto diceva che Zecchino e l'ufficiale postale avevano scoperto le attività della setta ed erano stati uccisi dall'inglese e da sua moglie, che

a loro volta erano morti tentando la fuga. Il favore consisteva nell'aver tenuto fuori la Milizia, compreso Miranda, il cui omicidio avrebbe dovuto essere comunicato da Mazzarino nel modo che riteneva opportuno, purché, naturalmente, lo facesse. Pertinenza della Questura, pertinenza della Milizia. Se non l'avesse fatto, avrebbe provveduto il commissario, con il suo zelo da funzionario, una volta arrivato in continente. Di Martina, analfabeta e minorenne, avevano deciso tutti di non parlare, come se non ci fosse mai stata.

Il commissario aveva insistito che il rapporto fosse controfirmato da due medici legali, il dottore dell'isola e Valenza, pensando che la cosa avrebbe potuto arrecare a Valenza qualche beneficio, anche se non sapeva quale.

Valenza firmò senza fare storie, lanciando al rapporto la stessa occhiata che riservava ai giornali. Solo al commissario dedicò uno sguardo piú tagliente, forato appena dalla punta di un sorriso. Un brutto sorriso.

– Be', – mormorò il commissario, – non sembra poi cosí lontano dalla verità, no? E poi, a questo punto...

– Andiamo, – disse Hana, avviandosi verso la porta.

– Aspetta... non sei neanche vestita. Ci vuoi andare cosí, sul vapore? In vestaglia?

– No.

Aveva fatto sistemare i vestiti di Hana sul letto, da Martina. Stando attento che la ragazza non li sporcasse con le sue dita nere, aveva fatto stendere sulla coperta la stessa sottana e la stessa camicia che Hana aveva quando era arrivata sull'isola, e anche il cappello che le vedeva schiacciarsi sui capelli, controvento, tutte le volte che si pensava assieme a lei sul vapore. Guardando i vestiti di sua moglie lo prese una frenesia di vederglieli addosso subito e sorrise accorgendosi che sembrava quasi piú eccitato lui per il viaggio di lei, che invece era spaventata. Naturale, si disse, sono sempre stato cosí ritroso e prudente che adesso avrà paura di vedersi sfumare tutto da sotto agli occhi, come una bambina con un giocattolo troppo fragile.

E lui? Perché aveva tutta quella fretta? Perché voleva andarsene dall'isola, come tutti, essere promosso e fare carriera in un posto adeguato, fino a occupare lo spazio nella cornice vuota che lo aspettava sulla parete. Ma non era quella la fretta che sentiva. Sembrava la fretta di una fuga. Fuga di fronte a qualcosa.

Il miliziano dalla bocca storta si affacciò sulla soglia della camera e lanciò ad Hana in vestaglia un'occhiata che al commissario non piacque.

– Il capo ha mandato due camerati per aiutarvi a mettere il baule sulla lancia. E mi ha detto di farmi dare quei taccuini del telegrafo, nel caso ve ne dimenticaste.

– Non me ne dimentico, – disse il commissario. – Adesso andiamo a prenderli.

Spinse fuori il miliziano, senza cortesia, e si voltò perché Hana gli aveva afferrato la manica della camicia.

– Cosa c'è?

– Non voglio che vai via.

– E perché? Abbiamo tanto tempo... bisogna caricare i bagagli sulla lancia, aspettare che arrivi il vapore... e poi tu devi ancora vestirti. Vuoi farlo cosí, davanti a tutta questa gente, col dottor Valenza davanti?

– Sí.

– Non fare la bambina. Vestiti e aspettami qui. Io faccio un salto in ufficio e torno subito.

– Vengo anch'io. Ho lasciato il mio ombrellino parasole nel tuo ufficio, tanto tempo fa.

Il commissario sospirò. Se lo ricordava l'ombrellino, l'aveva tenuto ben in vista, appoggiato al fianco dello schedario di legno, finché la sua presenza non aveva cominciato a fargli male e allora lo aveva messo dentro, con i faldoni delle pratiche.

– Non puoi uscire in vestaglia e io non voglio aspettare che ti prepari. Mi porto dietro Martina, le do l'ombrellino e te lo faccio portare qui. Poi ti giuro, Hana, te lo giuro con tutto il cuore, torno a casa e ce ne andiamo da questa maledetta isola.

Lei lo guardò, pallida e magra, le caviglie nude che spuntavano strette dalle pantofole, le spalle curve e gli occhi spaventati, e lui si ricordò di quando era diversa, di quella volta che da fidanzati lui le aveva fermato la mano che stava sfogliando un libro di pittura e le aveva indicato la stampa di un quadro. Erano ninfe preraffaellite immerse fino al busto in uno specchio d'acqua, bianche, non pallide, e rosse di capelli come lei, giovani e forti di una sensualità elegante, e lei allora era arrossita, aveva detto «Tenente! ma cosa state immaginando? Queste ragazze sono nude!» e poi aveva sorriso e quella era stata la prima volta che si erano baciati.

Come se gli avesse letto nel pensiero, Hana arrossí, alzò gli zigomi coperti di lentiggini, fece brillare tra le ciglia un riflesso verde, veloce e intenso, e sorrise. E quando comparve quella ruga sottile all'angolo del labbro, il commissario pensò che non gli importava piú niente di Valenza, della Cajenna e di Mazzarino, di suo padre, del Senso dello Stato, della moglie dell'inglese, dell'inglese, di chi era morto e di chi era vivo. Voleva soltanto portarla via, farla guarire e farla tornare come prima, una ninfa preraffaellita, forte, rossa e nuda in uno specchio d'acqua.

– Sbrigati a vestirti, – le disse. – La Littorio ci aspetta.

Quarantuno.

L'aria era ferma, davanti al commissariato, immobile come non era mai stata.

– Adesso che me ne vado, – disse il commissario bloccandosi sui tre gradini che portavano dentro la palazzina, – questo vento maledetto non tira piú. Fa un'impressione strana... come se non si muovesse piú niente.

La strada, infatti, era vuota. Non c'era nessuno, neppure un cane, o un ricciolo di polvere che rotolasse sul selciato. Anche la piazza era deserta, neanche un gabbiano immobile nel cielo, a volare controvento.

– Vi dispiace se salgo un po' con voi? – disse Valenza. – Ho idea che non mi divertirò quando tornerò alla Cajenna e vorrei farlo il piú tardi possibile.

Il commissario entrò nell'edificio e indicò una panca al miliziano dalla faccia storta. Avrebbe fatto prima a farlo entrare e a dargli subito i taccuini che voleva, ma lo aveva infastidito che per tutta la strada da casa al commissariato avesse tenuto una mano sotto la sottana di Martina, dietro. Neanche di Martina gli importava piú niente, ma non voleva che la cosa si ripetesse nel suo ufficio di commissario, finché lo era ancora.

Dentro, chiuse la porta e andò subito a cercare l'ombrellino di Hana nello schedario. Mentre frugava, si sentiva gli occhi di Valenza piantati nella schiena. Dovevano essere quelli di Valenza, pensò, perché pungevano e non scivolavano distratti come quelli di Martina.

– Non sembra poi cosí lontano dalla verità, no? – ripeté senza voltarsi. – E poi a questo punto...

– A questo punto sono morti piú o meno tutti, in un modo o nell'altro.

– Anche se ero lí presente, per l'inglese non è stato possibile fare nulla. Quanto a sua moglie... – Il commissario scosse la testa, forte e in fretta, per scacciare ogni pensiero. – La Milizia dice che si è trattato di un incidente e io non ho motivo di non crederci.

Si voltò con l'ombrellino in mano e lo puntò contro Valenza.

– Non approvo i loro metodi, ma non posso farci niente.
– Sono in tanti a pensarla cosí, anche sul continente.
– Io non penso, Valenza. Io faccio il poliziotto e basta.

Perché gli era venuto in mente suo padre? Perché si era ricordato di quella stretta al polso, accanto al letto, l'ultima volta? Scosse ancora la testa e lanciò l'ombrello a Martina che, distratta, lo lasciò cadere.

– Quel feto era l'aborto della figlia del farmacista, – disse il commissario. – Lo so. Ma potrebbero averlo dissotterrato per i loro riti. La Milizia lo ha trovato nel tempio assieme al pugnale servito per gli altri omicidi...

– E noi non abbiamo motivo di non credere alla Milizia.

– Appunto.

Il commissario si sedette alla scrivania e aprí un cassetto, cercando i taccuini. Quell'assenza di vento si faceva sentire anche dentro l'ufficio. Di solito il vento premeva contro i vetri, piano, pianissimo a volte, ma c'era, occupava parte della mente, come se soffiasse dentro ai pensieri. Adesso, invece, niente. Anche l'acqua della fontana, in piazza, era immobile. L'orologio del campanile ci si rifletteva dentro netto e definito, e sembrava fermo.

Perché continua a tornarmi in mente mio padre, pensò il commissario.

– Miranda... potrebbe averlo ucciso l'inglese, no? Era

piú piccolo ma in quei riti, di solito, si fa uso di droghe e le droghe spesso moltiplicano le forze.

– I tacchi.

– Allora è stata sua moglie. O era lui travestito.

– Erano cerimonie orgiastiche. Le facevano tutti nudi, me l'avete detto voi.

Il commissario sbatté sul piano della scrivania i taccuini che aveva trovato in un altro cassetto. Lo schiocco chiuse la bocca a Valenza, che non disse nulla. Il commissario allineò i taccuini, uno di fianco all'altro, e non disse nulla neppure lui. Avrebbe potuto chiamare il miliziano e darglieli. Avrebbe potuto mandare Martina a casa con l'ombrellino, anzi, prenderlo e portarlo lui ad Hana, e di corsa.

Martina.

Martina in piedi davanti a lui con l'ombrellino a terra.

– Lo dico io o lo dite voi? – mormorò Valenza.

Perché mi viene in mente mio padre. Perché non ricomincia a soffiare il vento. Perché non me ne vado con quell'ombrellino, da Hana.

– Lo dico io o lo dite voi? – ripeté Valenza.

Martina guardava il commissario con occhi distratti. Aveva messo un piede sull'ombrellino e lo faceva rotolare avanti e indietro. Le stecche di metallo scricchiolavano sotto la stoffa.

– Lo dico io o lo dite voi?

Perché non me ne vado, adesso. Chiudo tutto e me ne vado, adesso.

– Lo dico io, Eccellenza –. E lo disse, scandendo le parole: – E se lo chiedessimo a Martina? Lei c'era, a quei riti.

Il commissario sospirò. Puntò il gomito sulla scrivania, appoggiò la fronte sulla mano aperta e sospirò. Chiuse anche gli occhi.

– Prendi una sedia, Martina, – disse. – Devo farti un paio di domande.

Non riaprí gli occhi. Sentí Valenza sedersi sulla scrivania e anche se non riusciva a udire lo scricchiolare bagnato della saliva agli angoli delle sue labbra, sapeva che stava sorridendo. Intuí che Martina si era avvicinata dallo strisciare della sedia sul pavimento, dal cigolare del legno, dal grattare della sua pelle nuda sul sedile. Sentí anche due tonfi secchi e immaginò che avesse sollevato i talloni sul bordo della sedia.

– Dimmi... hai mai visto l'inglese o sua moglie portare scarpe con i tacchi alti?

– No, – disse Martina.

– Va bene... dimmi, hai mai visto l'inglese o sua moglie fare cose strane con animali o feti di bambini?

– No, – disse Martina.

– Allora senti... hai visto l'inglese o sua moglie uccidere la camicia nera Miranda?

– No.

– Questo non significa niente, Eccellenza. Chiedeteglielo. Lo fate voi o devo farlo io?

– Basta con i giochi di parole, Valenza!

Il commissario aprí gli occhi e la prima cosa che vide fu quel riflesso polveroso e biondastro tra le gambe sollevate di Martina. Ma era troppo preoccupato per pensarci. Prese fiato prima di parlare.

– Eri sempre presente ai riti dell'inglese?

– Sí, – disse Martina.

– E l'hai mai vista la camicia nera Miranda ai riti dell'inglese?

Martina sorrise e abbassò appena la testa, stringendo le spalle.

– No, Eccellenza. Mai.

– Va bene cosí, – disse il commissario. – Prendi l'ombrellino e vai a portarlo a mia moglie. E non le dire niente di quello che ti ho chiesto. E togliti da lí, che seduta in quel modo mi fai impressione. Sembri un pipistrello.

Martina sorrise ancora. Alzò le spalle infossate tra le gambe, sciolse le ginocchia che sporgevano in alto sulla testa come punte di ali, raccolse l'ombrello e dopo aver detto: – Comandi, Eccellenza, – uscí dall'ufficio e corse via.

Quarantadue.

Il vento non tornava. L'aria non si muoveva e anche il sole, invece di splendere, sembrava avere appoggiato i raggi sulle cose e averli lasciati lí. Le strade erano vuote e la piazza era ancora deserta. L'acqua della fontana era talmente immobile da sembrare di piombo. Qualcosa di profondo doveva averla intorbidita perché non rifletteva piú niente e l'orologio del campanile era scomparso.

Valenza era andato a sedersi al posto di Martina e guardava il commissario che allineava i taccuini su cui l'ufficiale postale aveva registrato e trascritto i telegrammi. Li faceva combaciare fianco contro fianco, passava la punta dell'indice sul bordo superiore, perché fossero perfettamente a filo.

Il commissario non si chiedeva piú perché gli fosse venuto in mente suo padre in punto di morte. Lo malediceva e basta, lui e il suo Senso dello Stato.

– Perché non fate come tutti gli altri? – disse Valenza. – Vendetevi l'anima, che vi importa? Lo fanno tutti.

– Proprio voi lo dite.

– Sí, proprio io. Sapete cosa c'era sul giornale, oggi?

Il commissario scosse la testa. Picchiò con l'unghia dell'indice sul fondo di un taccuino per farlo scivolare piú in alto, ma di poco. Pochissimo. Troppo.

– Non c'era niente sul giornale, – disse Valenza. – Niente. Le preoccupazioni degli impiegati per il caro viveri, la réclame della pomata *Cadum* che fa sparire i bitorzoli e una recensione del nuovo dramma di Cleide Fratta, *La voce del mare*, lo avete visto?

– No, – disse il commissario, stupidamente.

– Neanch'io. Che importa un morto ammazzato in piú o in meno, fosse anche un deputato dell'opposizione? Voi ce l'avete un colpevole, ed è morto anche lui. Peggio di cosí non gli poteva andare. E poi era anche un mezzo inglese depravato. Vendetevi l'anima, Eccellenza...

Per abbassare il taccuino adesso ci voleva il pollice, come quando si tirano le biglie. Ma piano, piano. Troppo.

– Se non sono stati gli inglesi, chi è stato? – chiese il commissario. – E soprattutto, perché?

Ecco, perfettamente allineati. Le copertine che formavano un'unica superficie nera e granulosa. Gli elastici rossi che le tagliavano verticalmente, dritti e identici, stesso punto di inizio e stesso punto di arrivo. No, ce n'era uno di un millimetro piú corto, la frazione di una frazione di una frazione di un millimetro. Troppo.

– Sapete che faccio io, Eccellenza? Appena Mazzarino me lo permette scrivo a casa e dico a mia madre che chieda la grazia al Duce. Anzi, fatemi questo favore. Appena arrivate in continente cercatela e datele il mio messaggio.

Perché questo nastro è piú corto? pensò il commissario. *No, non è piú corto, sembra piú corto perché è piú alto. Perché è piú alto, allora?*

Il commissario appoggiò la punta dell'indice sulla linea che univa il primo taccuino al secondo e sentí che, in effetti, non erano uguali. Certo, uno era una costa e uno un bordo, cosí girò un taccuino, sottosopra, e fece combaciare bordo con bordo. Non erano uguali.

– Cosa c'è? – chiese Valenza, avvicinando la sedia. Il commissario alzò le spalle. Prese un taccuino e lo liberò dell'elastico, aprendolo alla prima pagina. Fece lo stesso col secondo e li stese sulla scrivania fianco a fianco.

– Cosa c'è? – ripeté Valenza.

Niente di strano. Le due pagine erano uguali. Stessa

calligrafia vecchia e scolorita, stessa calligrafia inclinata, graffiata sui quadretti con una matita a mina dura. La calligrafia dell'ufficiale postale.

Prima pagina di uno e prima pagina dell'altro. *Da capomanipolo Mazzarino at Comando Generale Milizia. Preso possesso Colonia Penale perseguo alati ideali Giustizia Fascista. Saluto al Duce!*

Piú avanti, terza pagina. Di uno e dell'altro. *Da Ufficio del Personale at Commissario. Decorsi da oggi termini Vostro pensionamento. Felicitazioni.*

Stessa pagina. *Da Segreteria Generale a segretario locale Fascio. Attendiamovi. Nuovo incarico pronto. Saluto al Duce!*

Ancora piú avanti, quarta pagina. *Da Commissario at Direzione Generale. Preso possesso locale commissariato...*

Quello era il suo, lo aveva mandato il giorno che era arrivato sull'isola e non aveva bisogno di leggerlo perché se lo ricordava anche troppo bene.

Però, un momento.

Anche sull'altro taccuino c'era la copia del telegramma, identica in tutto, parola per parola. Stesse gambette a legare le *a* e le *erre*, stessi trattini a tagliare le *t*. Solo che non era sulla quarta pagina, ma sulla quinta.

– Cosa c'è? – ripeté ancora Valenza.

Il commissario tornò indietro, piano, come se le pagine potessero scappargli tra le dita. Pensò che quello era il taccuino che il brigadiere aveva trovato nelle tasche dell'ufficiale postale dopo che era stato ucciso, lo riconosceva dall'ombra di un'orecchia su un angolo. Prese i due taccuini, li chiuse e li tenne stretti tra le dita, uno in una mano e uno in un'altra.

Sí, quello trovato addosso all'ufficiale aveva piú pagine dell'altro.

Allora lo riaprí e si inumidí la punta del dito e sfogliandolo in fretta corse alla quarta pagina.

– Insomma, cosa c'è?

Da Comando Generale Milizia at capomanipolo Mazzarino. Ministero intenzionato chiudere Colonia Penale ritenuta onerosa et obsoleta. Cessato impegno di sorveglianza in loco in appoggio Questura. Imbarcare camicie nere et prigionieri et fare ritorno immediatamente.

Il commissario sbatté le palpebre, passandosi la lingua sulle labbra inaridite. Si avvicinò al taccuino chinando la testa sulla scrivania, quasi avesse paura di prenderlo in mano.

Da Comando Generale Milizia at capomanipolo Mazzarino. Ministero intenzionato chiudere Colonia Penale ritenuta onerosa et obsoleta. Cessato impegno di sorveglianza in loco in appoggio Questura. Imbarcare camicie nere et prigionieri et fare ritorno immediatamente.

Chiudere la Colonia Penale. Lasciare l'isola con tutti i confinati e le camicie nere. Nel taccuino in cui venivano registrati ufficialmente i telegrammi, quello che l'ufficiale postale gli aveva sempre mostrato, quel dispaccio non c'era.

Il commissario sfogliò ancora, sotto lo sguardo di Valenza che si era alzato e girava la testa per non leggere a rovescio. Sfogliava con rabbia, piegando gli angoli e rischiando di strappare le pagine sottili.

Sesta pagina. *Da capomanipolo Mazzarino at Comando Generale Milizia. Ordine ricevuto. Obbedisco. Saluto al Duce!*

– Ma che diamine... – mormorò Valenza. Il commissario alzò una mano, come se il rumore gli impedisse di sentire le parole scritte su quel taccuino.

Settima pagina. *Da capomanipolo Mazzarino at Comando Generale Milizia. Colonia Penale deserta. Camicie nere et confinati imbarcati. Salpiamo immediatamente. Saluto al Duce!*

– Non capisco, Eccellenza, non riesco a capire...

Ottava pagina. *Da Commissario at autorità competenti.*

Non l'aveva scritto lui. Ne era sicuro. Quel telegramma non l'aveva scritto lui.

Ottava pagina. *Da Commissario at autorità competenti. Pregasi registrare naufragio accidentale motonave Littorio, capomanipolo Mazzarino, camicie nere et prigionieri tutti deceduti. Ripeto: tutti deceduti.*

Il commissario alzò le mani e se le portò al viso, stringendole sulle guance. Guardò Valenza che aveva gli occhi spalancati, dritti nei suoi.

– Eccellenza! – mormorò. – Eccellenza! Quel pazzo di Mazzarino! Viviamo tutti su un'isola che non esiste piú da quasi due anni!

Quarantatre.

Qui non vale quello che vale per gli altri posti, gli aveva detto Miranda.

Qui, su questo scoglio dimenticato in mezzo a un mare che non finisce da nessuna parte, il tempo scorre in un modo speciale, si ferma e torna anche indietro, se vuole. In quest'isola cosí sperduta da non avere neanche un nome, il clima è diverso e può essere estate e inverno a seconda del vento. La luna è strana, si nasconde dietro le nuvole e non la vedi neppure quando è piena. La nebbia qui non è bianca ma nera. La schiuma delle onde è nera. Anche il sole è nero. Qui, i gabbiani volano di notte.

Non aveva detto questo, Miranda, aveva detto solo «Qui non vale quello che vale per gli altri posti», ma Mazzarino aveva capito.

Era cosí che gli piaceva quell'isola. Un piccolo buco in mezzo al mare, piccolo e stretto ma cosí profondo da assorbire tutto quello che ci cadeva dentro, tenerlo prigioniero e non lasciarlo scappare mai piú. Ci pensava, ogni tanto, quando si trovava da solo sotto l'arco sulla rupe, pensava che prima o poi il mare si sarebbe preso l'isola, avrebbe coperto le spiagge, si sarebbe arrampicato sugli scogli e una volta arrivato al centro, invece di sommergerla ci sarebbe precipitato dentro, trascinandosi dietro tutto, strappando i confini del mondo, fino a farla rimanere sospesa nel nulla, da sola. Era un pensiero che gli faceva battere il cuore, e respirare ringhiando veloce tra i denti socchiusi.

Quando era arrivato il telegramma che gli ordinava di chiudere tutto e tornare in continente si era sentito morire. Neanche per un momento aveva dubitato delle Ragioni Superiori dell'Economia Fascista che imponevano la chiusura della Cajenna, solo non voleva accettarle. Non poteva. Tra tutte le persone che si trovavano sull'isola, lui era l'unico che non sarebbe mai voluto partire. E gli era toccato quel telegramma.

Al cimitero, guardando la danza macabra dalla balaustra di sasso, aveva pensato che avrebbe potuto fare proprio come la Morte dipinta sotto di lui. Distruggere tutto. Colonia, fascisti, confinati, la Littorio e se stesso. Sparire, precipitare nel buco nero dell'isola. E lí dentro, continuare a vivere come fantasmi in un'altra dimensione, dimenticati dal Comando Generale della Milizia, da Roma e dal resto del mondo.

Era disposto a tutto pur di tenersi la sua isola. Ad ammazzare tutti quelli che riuscivano a partire, portandoli lontano con la lancia e facendoli sparire, perché non dicessero di aver visto la sua colonia fantasma. A uccidere tutti quelli che potevano tradirlo, come Zecchino che sapeva sempre tutto, l'ufficiale postale che mandava i suoi telegrammi o il federale, che l'aveva coperto fin dall'inizio. E ad ammazzare anche gli altri, se necessario, tutti quanti, tutti gli abitanti dell'isola, il commissario, i pescatori, i confinati e anche le sue camicie nere, e a rimanerci da solo in quello scoglio in mezzo al mare, seduto sotto l'arco della rupe, a tirare agli ultimi gabbiani.

Per due anni c'era riuscito. Poi il Diavolo ci aveva messo la coda.

Quarantaquattro.

All'improvviso, tutto ricominciò a muoversi velocemente. In piazza c'era gente che si teneva il cappello stretto sulla testa per via del vento, cani con i baffi spazzolati dalla polvere del selciato e gabbiani immobili sul mare. Il tempo aveva ricominciato a correre liquido sui riflessi del campanile nella fontana, e a correre veloce.

Per prima cosa il commissario aveva fatto arrestare il miliziano con la faccia storta. Poi aveva mandato il brigadiere a casa sua, a tenere d'occhio sua moglie. Che le impedisse di uscire, che se ne stesse davanti alla porta, con il fucile, e sparasse a chiunque non fosse lui.

Dopo, aveva aperto il cassetto della scrivania, aveva preso la pistola e il fischietto, e si era fatto portare da una lancia incontro al vapore militare, dove, in nome del Re, aveva precettato gli ufficiali e tutti i marinai dell'equipaggio.

Quando aveva fischiato e i marinai armati avevano fatto irruzione nella Cajenna, il manipolo di Mazzarino si era dissolto come neve al sole. I miliziani si erano chiusi nella palazzina nera, ma non avevano neppure portato con sé i moschetti e si erano arresi subito, non appena il comandante del vapore aveva fatto mettere una mitragliatrice davanti alla porta e il commissario aveva ordinato di sparare. Erano usciti con le mani alzate, schiacciati l'uno contro l'altro come per coprirsi dai colpi che si aspettavano, e sembravano ancora un unico corpo con tante teste, ma meno minacciose dell'altra volta, basse e schive e chine tra le braccia sollevate in alto.

Mancava solo Mazzarino.

Raccontano che gli dettero la caccia peggio che a un lupo. Nei tre giorni che ci misero a prenderlo, raccontano che il commissario e i marinai del vapore batterono tutta l'isola, palmo a palmo, seguendo le tracce che lasciava e fermandosi solo per raccogliere i morti. Negli anni successivi, ogni volta che ripetevano la storia di quei tre giorni, il numero dei morti aumentava, fino a cinquanta, ottanta, cento, ma la verità è che i morti furono quattro.

Raccontano che Mazzarino fuggí dalla Cajenna con un pugnale, una bomba a mano e il moschetto che usava per tirare ai gabbiani. Scavalcò il muro quando vide entrare i marinai e scappò verso la scogliera, e fu lí, sulla salita che portava alla chiesa, che uccise il primo, un sergente, spaccandogli la testa con un tiro preciso di moschetto. Da quel momento i marinai decisero di seguirlo da lontano, nonostante il commissario volesse che lo braccassero piú da vicino e lo prendessero subito. Perché Mazzarino, nella sua fuga cieca dentro l'isola, distruggeva e massacrava tutto quello che si trovava davanti.

Raccontano che ad ogni miglio i marinai trovarono un segno del suo passaggio. La camicia nera squarciata come se se la fosse strappata di dosso con le mani, tirando forte dai bottoni sul petto. I pezzi rotti del fucile, fracassato sugli scogli dopo che aveva esaurito i colpi inchiodando dietro al ciglio del sentiero i marinai che lo inseguivano. La bomba a mano, lasciata come trappola dietro una tomba del cimitero e costata tutte e due le braccia a un sottocapo. Gli stivali, i calzoni strappati dalle gambe, e piú avanti anche le mutande. Un ovile abbattuto e bruciato, ancora fumante. Le pecore abbandonate agonizzanti a respirare in fretta con la pancia aperta sull'erba ispida di sangue rinsecchito. Un ragazzo con la bocca sfondata da un colpo di pugnale.

– Dobbiamo prenderlo, – disse il commissario, minacciando l'arresto e il processo al guardiamarina e a chi si fosse tirato indietro.

Raccontano che una notte lo sentirono ululare proprio come un lupo, un urlo isterico e feroce che tenne chiusa in casa la gente del paese, sveglia attorno al fuoco, la porta sbarrata e il fucile in mano. E piú passava il tempo piú l'urlo diventava un grido, un gemito roco che si allungava in un raglio disperato e a volte si spezzava a metà, come un singhiozzo. Quando lo sentivano, quell'urlo, i marinai si gettavano nel buio con i moschetti puntati, a tagliare la nebbia nera con le baionette, perché a stare fermi attorno al fuoco dei bivacchi non ci riuscivano. E cosí alla mattina ne trovarono un altro, la lingua troncata da un taglio e il corpo mutilato, fatto a pezzi con una furia cosí selvaggia che aveva spezzato la lama del pugnale.

Raccontano che quando lo presero, il terzo giorno, dell'isola non era rimasta che una mezza luna schiacciata contro il mare, tutto il resto battuto e calpestato dagli stivali dei marinai.

Fu il commissario a vederlo scivolare dietro una delle barche rovesciate sulla spiaggia, nudo e sporco, graffiato dai rovi. Soffiò nel fischietto, indicandolo con la pistola, e avrebbe anche sparato se fosse stato svelto a usarla, ma Mazzarino lo sorprese con un urlo cosí folle che gli ghiacciò il sangue e gli paralizzò il braccio. Se lo vide arrivare addosso come un cinghiale impazzito, le narici dilatate e i denti spinti in avanti, con quell'urlo da asino e da lupo, feroce come un ruggito e lungo come un pianto, cosí lungo che sembrava non dovesse finire piú.

Raccontano che se i marinai non fossero intervenuti tutti assieme, Mazzarino avrebbe aperto il commissario in due, come un piccione, a mani nude. E anche cosí, disarmato e nudo, stretto tra i calci dei fucili e le punte delle baionette, riuscí a piantare i denti nella gola di un marinaio e a dissanguarlo a morsi prima che lo fulminassero con una palla di moschetto nella testa.

Da allora, anche anni e anni dopo che gli eventi si furono conclusi, conclusi e mai dimenticati, ogni volta che guardava il mare, e vedeva la schiuma di un'onda spaccarsi su uno scoglio, e sentiva le gocce che si schiacciavano sul vetro della finestra a cui appoggiava la fronte, ogni volta, ovunque si trovasse, gli tornava in mente la notte che arrivò sull'isola.

E ovunque si trovasse, in paese, sulla scogliera, nel bosco o vicino al cimitero, o anche nel punto piú lontano, nell'angolo piú estremo dei bastioni della Cajenna, deserti e inutili dopo che Valenza e gli altri erano stati rimpatriati, dappertutto il vento gli fischiava nelle orecchie, e assieme ai suoi sussurri ruvidi gli portava le note di quella canzone stupida e saltellante come una filastrocca da bambini.

Fra i tanti amici miei ci sta un amico
e ve lo dico
è Ludovico

Di telegrammi non ne aveva piú ricevuti. Che fosse stato vero quel secondo invito a partire entro max giorni tre o che fosse stata soltanto una trappola di Mazzarino, che non lo avessero perdonato per aver fatto cosí inopportunamente il suo dovere o che lo avessero soltanto dimenticato, da Roma e dal continente per lui non era arrivato piú nulla.

Ogni tanto, quando pensava ad Hana seduta nella penombra della stanza, sempre piú pallida, talmente magra che la vestaglia le cascava di dosso appena si alzava per spostare la puntina sul disco, quando pensava alle sue labbra sottili e bianchissime che si muovevano veloci e mute, al verde dei suoi occhi, cosí stinto che non era piú un riflesso tra le palpebre ma un velo, quando gli tornavano in mente le sue lentiggini ormai invisibili e quella ruga sottile all'angolo del labbro, quella ruga che non c'era piú, allora serrava i pugni nelle tasche e marciava deciso verso la nebbia compatta del Molo Vecchio.

Ogni tanto, riusciva a non tornare indietro, riusciva a entrare e a dettare al nuovo ufficiale postale un'altra formale domanda di trasferimento, un'altra confidenziale richiesta di raccomandazione, un'altra supplica, inutile, come tutte le altre.

Quando usciva e si trovava solo nella nebbia, sospeso in quel vuoto candido, circondato dal vento che fischiava *Ludovico*, la rabbia era cosí forte e disperata che faceva a pezzi la ricevuta del telegramma e la gettava nel nulla.

E poi doveva respirare a fondo e stringere i denti e premersi forte le mani sugli occhi per non scoppiare a piangere.

A volte ci riusciva, a volte no.

Postilla

In questo romanzo mi sono permesso alcune licenze.
Per esempio, è vero che il confino di massa per antifascismo come lo immaginiamo diventa realtà soltanto piú tardi, come è vero che la canzone Ludovico *è stata composta nel 1931, cioè parecchi anni dopo quello in cui si svolge la nostra storia, che è il 1925.*
Ma sono, spero, peccati veniali. Perché teoricamente una Colonia Penale come la Cajenna, basata su provvedimenti di domicilio coatto in vigore dalla fine dell'Ottocento e su una penetrazione del fascismo nelle istituzioni dello stato iniziata già dal 1923, avrebbe potuto esistere, almeno nelle intenzioni. E perché Ludovico *è cosí perfetta per la follia di Hana che non ho voluto rinunciarvi.*
Del resto, l'isola in cui questo romanzo è ambientato non è un'isola come le altre, ha un realismo tutto suo, un po' magico e un po' diabolico, ed è talmente piena di strane licenze da poterne concedere qualcuna anche a me.

Indice

Il primo giorno

- p. 7 Uno
- 12 Due
- 16 Tre
- 19 Quattro
- 23 Cinque
- 27 Sei
- 32 Sette
- 35 Otto
- 40 Nove

Il secondo giorno

- 45 Dieci
- 53 Undici
- 58 Dodici
- 63 Tredici
- 68 Quattordici
- 73 Quindici
- 78 Sedici

Il terzo giorno

- 85 Diciassette
- 89 Diciotto
- 94 Diciannove
- 100 Venti
- 105 Ventuno
- 109 Ventidue
- 113 Ventitre

Il quarto giorno

p. 119	Ventiquattro
123	Venticinque
127	Ventisei
132	Ventisette
138	Ventotto
142	Ventinove
147	Trenta
150	Trentuno
156	Trentadue
159	Trentatre
165	Trentaquattro

La notte

171	Trentacinque
179	Trentasei
183	Trentasette
185	Trentotto
193	Trentanove

Il quinto giorno

197	Quaranta
201	Quarantuno
206	Quarantadue
211	Quarantatre
213	Quarantaquattro

219 *Postilla*

*Stampato per conto della Casa editrice Einaudi
presso Mondadori Printing S.p.A., Stabilimento N.S.M., Cles (Trento)*

C.L. 15835

Edizione							Anno			
7	8	9	10	11	12		2004	2005	2006	2007